內衣(女)孩任你擺布
Lingerie girl wo okini mesu mama
Presented by Hanama Tomo
Illustration:sune
Volume
2
花間燈
絵：sune
U0028914

花間燈
繪：sune
內衣女孩任你擺布 2
Lingerie girl wo okini mesu mama
Presented by Hanama Tomo
Illustration:sune

「你就是RYUGU的設計師對吧？」

「這、這件內褲是……!?」
Lingerie girl
wo
okini mesu mama 2

「——讓您久等了。」
「澪同學……竟然穿上女僕裝？」

Lingerie girl
wo
okini mesu mama 2

美好的景象……」

Lingerie girl
wo
okini mesu mama 2
「多麼

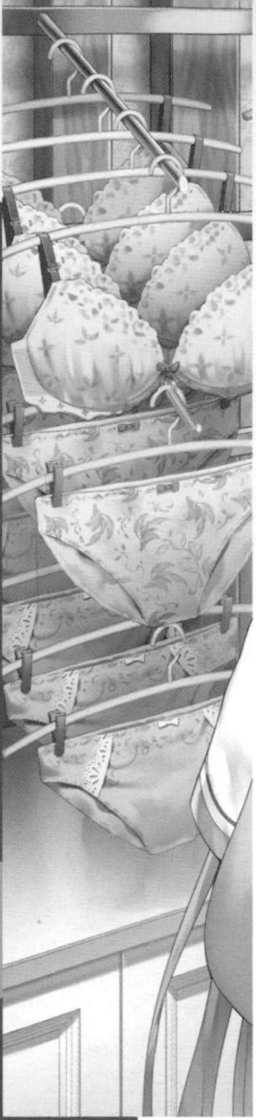

CONTENTS

序章

「乙葉，我照妳吩咐送水野同學回家了。」

「哦——辛苦了。」

下午六點，太陽逐漸西沉。

仍穿著制服的惠太走進堂姊房間，坐在椅子上面對筆電的幼女便抬起頭來，維持坐姿身體轉向惠太。

這名留著紅色馬尾的女性名為浦島乙葉。

她外型看似年幼，卻是就讀大學三年級的成年女性，也是惠太所屬的內衣品牌「RYUGU JEWEL」的代表。

剛才在客廳見到她時是身穿內衣，現在則換上寬鬆的無袖洋裝再披上開襟衫，整個人看起來截然不同，十分得體。

「水野是為了試穿新作品才來的對吧？真是對不起她。」

「也沒辦法。現在這狀況下，根本沒空搞什麼試穿。」

「沒想到池澤竟然會辭職啊……」

正如乙葉所說，今天預定要進行的樣品試穿會因諸多原因中止了。

主要原因是品牌的重要角色打版師鬧失蹤，導致未來計畫必須大幅度修正。

「我只有在電話中跟她聊過，池澤小姐是個怎樣的人？」

「池澤是我高中同學。目前正在大學學習服裝設計，我是在繼承 RYUGU 時邀請她加入的。她技術好、工作效率又高，幫過我們不少忙。」

「池澤小姐會辭職，果然是我害的吧……最近工作行程這麼密集，才會給她造成太大的負擔……」

「誰叫惠太過度堅持設計，每次都壓死線交件。」

「我會反省的……」

「這次並不是你的錯。我也沒料到她會說『我被男友甩掉所以不幹了』。」

「仔細想想，這辭職理由確實很誇張……」

「現在先想未來該怎麼辦吧，這樣下去 RYUGU 真的會倒閉呀。」

「是啊。」

沒空繼續意志消沉了。

RYUGU 失去了唯一的打版師，正面臨倒閉危機。

現在還是想想能為品牌做些什麼吧。

「現階段經營面還不會出什麼問題，可是夏季無法發表新作就麻煩大了……」

「畢竟我們的營業額主要是集中在新作發表後嘛。」

許多客人是配合換季購入新內衣。

若是無法在這時機推出新作，將會造成龐大損失。

「五月快結束了，最慢也得在下個月中旬前找到打版師，不然可趕不上發包製作。」

「最終期限是六月中旬啊……」

今天是五月的最後一天了，所以期限大概是兩週。

就後續作業流程來看，算是合理的數字。

「跟池澤小姐道歉的話，她會願意回來嗎？」

「那不可能。」

「怎麼說？」

「你看這個。」

乙葉操作筆電後，將畫面給我看。

畫面上是池澤小姐寄來的信，上面密密麻麻地寫滿各種怨言，主旨大概是「工作太忙害我被男朋友甩了」。

「該怎麼說，感覺光看到這封信就會被詛咒啊。」

「你覺得會寫這種信的人，向她道個歉就願意回來嗎？」

「我看只能找其他人了。」

最後池澤小姐依舊是不見蹤影。

那個即使在深夜提交設計，仍會無怨無悔地在隔天交出樣品的優秀打版師池澤小姐。

儘管令人惋惜，如今也只能放棄她了。

「是說這真的沒問題吧!?要是沒找到替代人手，RYUGU 不會真的就這麼倒閉吧!?」

「你先冷靜點。」

「這種狀況妳是叫我怎麼冷靜得下來!?」

「喂，別鬧了，不要大力搖我肩膀。」

惠太徹底亂了陣腳。

他停止搖晃乙葉，將雙手從她肩上放開。

「嗚……我不要，我還想繼續製作女生內褲……」

「你真的是很喜歡女生內褲啊。」

她愣愣地看著我說，我有什麼辦法，我就是喜歡內褲啊。

製作內褲是我的人生意義，用內衣讓女生綻放笑容是我的夢想，要是公司倒閉，我可就傷腦筋了。

「會亂了陣腳也很正常啊……對我來說 RYUGU 就是這麼重要的地方……」

「……說得也對。」

她並沒有責備惠太講洩氣話。

反而握緊拳頭，輕輕地碰了惠太胸口說：

「放心吧。我會去找新的打版師——沒什麼，只要問問熟人，幾天內就能找到。」

「乙葉……」

這名嬌小代表的笑容看上去十分可靠。

「謝謝。那就拜託妳了。」

「……你別邊說邊摸我頭好嗎？」

「糟糕，這位置實在方便摸，我情不自禁。」

「少把我當小孩。」

被當成小孩似乎讓她感到不悅。

乙葉一臉嫌煩地揮開惠太的手。

「真是的……我好歹也是個成年的淑女好嗎？」

「我知道。我是真的很仰賴妳。」

她是一名大學生，同時也是公司的經營者。

惠太是發自內心尊敬乙葉，她一手包辦了公司的「企劃」、「宣傳」、「經營」，用那小小的身體支撐住 RYUGU。

◇

隔天，也就是六月一日。

私立翠彩高中和其他多數學校相同，從這天開始換季，惠太穿上夏季制服上學，從鞋櫃取出室內鞋時，身旁有人向他搭話。

「浦島同學早安。」

「啊啊，水野同學早。」

那名留著飄逸中長髮的女學生正是水野澪。

這位同學有著玲瓏有緻的身材，同時也負責擔任製作內衣時不可或缺的模特兒。題外話，她意外地很有料，是D罩杯。

換上單薄夏季制服的她，提升了整體的露出度，其實我當下看到她那耀眼的肌膚，忍不住在心中雙手握拳高舉。

「昨天真是抱歉，難得妳為了試穿跑一趟。」

「那倒是沒關係，能找到新的打版師嗎？」

「現在乙葉正在找，她說會去找朋友問問。」

「應該沒問題吧……要是找不到新人，RYUGU 就會倒閉不是嗎？」

「才不會倒閉呢，我們絕對不會讓這種事發生。」

「我也不希望 RYUGU 就這麼消失，有什麼能幫忙的儘管告訴我。」

「謝謝。」

「我知道很多省錢料理，隨時都能依賴我喔。」

「這個嘛……逼不得已時再拜託妳吧。」

聽起來是很可靠，但惠太還是希望能在生活拮据之前將這事處理好。

兩人邊聊邊換上鞋子，接著並肩走往教室。

「總而言之，得想辦法趕上夏季新作發表。」

「就算不推出新作，也能作之前推出的內衣不是嗎？只要賣那些應該就能撐一陣子吧？」

「服飾業的流行趨勢變換得非常快，若是不持續推出新商品，營業額就會不斷往下掉。」

「啊……我打工的書店也是這樣，不推出新刊的書就會越來越難賣。」

為了讓公司持續經營下去，就得提升獲利。

而想要留住客人就必須發表新作。

「話雖如此，在找到打版師前，其實也沒什麼事可做。」

「是這樣嗎？」

「目前設計工作已經告一段落，剩餘作業沒有打版師都無法進行。」

「那麼可以稍微悠哉一陣子呢。」

「嗯……不過我其實不太清楚假日該如何度過。我有空幾乎都是看內衣目錄打發時間。」

「你也太喜歡內衣了吧。」

回想起來，進高中後我就不停工作。

偶爾休個假似乎也不錯。

就在我和澪走在走廊上，心裡這麼想的時候。

「——惠太學長！」

「嗯？咦……小雪？」

我轉向聲音來源，原來突然把我叫住的是學妹長谷川雪菜。

留著黑色鮑伯短髮的她，是擁有G罩杯巨乳的一年級學妹，同時也是前陣子回歸演藝圈的年輕女演員。

這名擁有如此特殊經歷的女學生，露出絕望神情開口：

「惠太學長，請你負起責任……」

「咦？責任？什麼意思？」

我摸不清頭緒如此回問，而雪菜面紅耳赤，手遮住胸口和裙子，一臉害羞地扭扭捏捏。

「我自從體驗過惠太學長的那個以後，就再也無法忘記那個觸感……我已經成了沒有學長就無法滿足的身體……!!」

「妳到底在說些什麼啊!?」

一大早她就投下勁爆發言。

學妹說著莫名其妙的話，身旁的澪則與我保持距離投以冷漠眼神，狀況完全是四面楚歌。

我才剛打算暫時休養生息，不過看這樣子，似乎是沒辦法悠哉度日了。

第一章　只有帥哥知道的世界

這天午休，在特別教室大樓二樓，也就是大家熟悉的被服準備室裡，正在進行浦島被告的審判。

「那麼浦島同學？你到底對長谷川同學做了什麼？」

「我想自己應該沒做什麼事才對啊……」

與學妹雪菜並肩坐在桌子對面的澪審問道，而惠太毫無頭緒。

他回想過去行為，應該沒犯下必須被追究責任的過錯。

這其中肯定有什麼誤會，於是他決定讓本人說明狀況。

「小雪，水野同學這樣逼問真的很可怕，能拜託妳從頭說明嗎？」

「前陣子，惠太學長不是幫我做了內衣嗎？」

「是啊，前扣式的那種。」

那件內衣是為了因巨乳所苦惱的雪菜而做的。

我記得在要求學妹擺出女豹姿勢進行攝影會後，那件前扣式內衣和成對的紫色內褲就送給她做紀念了……

「難道說，那件內衣有什麼問題嗎？」

「不，應該說恰恰相反……」

「相反？」

「那件試用品穿起來太舒服，我變得無法再去穿其他品牌的內衣！」

「啊啊，早上那句話是這個意思啊。」

「浦島同學的內衣穿起來的確是很舒服。」

被人這麼稱讚感覺還不壞。

如今不只是澪，就連雪菜也成了 RYUGU 內衣的俘虜。

「後來我想買 RYUGU 的內衣跑去店裡，她們卻說大尺碼的胸罩都沒有庫存了……」

「因為我們至今很少製作給巨乳女生穿的內衣啊。」

「怎麼這樣!?已經成了非惠太學長就無法滿足的我究竟該怎麼辦……」

「總覺得這說法充滿了惡意啊……我想只要小雪多多協助，我們的內衣品項自然會慢慢增加。」

「咦!?意、意思是……又得舉辦那個不知廉恥的攝影會嗎?就是讓我擺出丟人姿勢，還從各種角度拍攝的那個……」

「不，那種重口味的攝影會沒那麼常辦。」

「什麼嘛……」

「為什麼妳看起來有些遺憾？」

她一臉害羞扭扭捏捏。

忽然又看似遺憾地嘆氣。

少女心實在難解。

不知為何澪露出複雜神情移開視線，但雪菜並沒有察覺學姊舉止，激動地說：

「要我幫什麼忙都行，拜託快點做出新的內衣。」

「我也想啊，只是現在可能沒辦法。」

「咦？為什麼？」

「其實昨天，跟我們合作的打版師鬧失蹤了。現在無法製作新產品。」

「打版師，我記得這是服飾相關的職業嘛。」

「妳知道啊？」

「因為拍攝現場也有專門負責服裝的人在。」

「不愧是藝人。」

在一群大人裡工作的雪菜，應該有著各式各樣的人脈。

「所以我們現在正在找新的打版師。」

「惠太學長，你無法擔任打版師嗎？」

「我是設計專門。確實也有設計師會兼任打版師就是了。」

「意思是，在找到人手前都不會有新作啊……」

雪菜失望地說。

這世上有著像雪菜和澪這樣期待新作的人。

惠太心想，為了她們，說什麼都不能讓 RYUGU 倒掉。

「是說浦島同學，假男友的任務已經結束了，你還是叫長谷川同學『小雪』啊。」

「咦？」

「真不公平……唔……」

「咦，這是什麼表情？為什麼水野同學要嘟著嘴？」

看起來簡直像個小孩。

平時她相當冷漠，實在難得會作出這樣的舉動。

「啊，難道說，水野同學也希望我叫妳『小澪』？」

「為什麼會得出這種結論？是我也想用名字稱呼長谷川同學啦。」

「啊啊，原來如此……」

竟然會錯意了，真是丟臉。

看來我暫時還是別說話的好。

「就是這樣，長谷川同學，以後我能叫妳『雪菜』嗎？我都是用名字稱呼朋友的。」

「嗯……這樣的話，我也能稱妳為『澪學姊』嗎？」

「請務必這麼叫我。」

女生們把手言歡。

而惠太看著她們倆如此心想。

（水野同學和小雪，感情變得這麼好啊……）

一想起這位學妹剛入學時連個朋友都沒有，就讓他差點落淚。

（是說，她到現在還是姓氏稱呼我，意思是還沒把我認定成朋友啊……）

總覺得這問題陷進去沒完沒了，於是惠太停止思考。

「是說小雪，謝謝妳在推特上幫忙宣傳內衣。代表還開心地說營業額有所提升呢。」

「這也沒什麼，我只是希望像我這類為胸部太大而煩惱的人們，能夠知道學長的內衣而已。」

「這樣好嗎？妳不是很在意胸部的事？」

「反正會講我胸部的人就是會講。所以我乾脆主動出擊，告訴大家我根本不在乎那些事。」

「沒想到小雪其實挺好戰的呢。」

這想法實在簡單明瞭。

真不知該說她是想通的事就不再糾結。

還是決定好方向就勇往直前。

不過這種乾脆的個性確實讓我產生好感。

「我都幫忙宣傳了，可不准你們營業額下降公司倒閉喔。」

「沒問題。我們家代表已經去找替代人手了。」

沒錯，沒什麼好擔心的。

別看乙葉那樣，其實能力非常優秀，公司有好幾次都是被她拯救。

所以交給她就不會有任何問題。

馬上就能找到人手頂替池澤小姐，到時就能繼續工作，順利發表夏季新作。

這時惠太，是發自內心這麼想。

◇

五天後，六月六日星期一傍晚。

惠太上完課後沒去準備室，直接離開學校，途中跑去藥妝店買了洗髮精補充包，便回到自家公寓。

「……咦？有人搬進隔壁嗎？」

位於公寓七樓，已經空了半年的隔壁空屋門被打開了，搬家人員的大哥哥們正勤奮地將紙箱搬進屋裡。

惠太向搬家人員說了聲「你好──」，便走向自家大門。

「我回來了──」

打開門後，看到玄關擺著一雙樂福鞋。

姊姊不在，而妹妹似乎從學校回來了。

「趁沒忘記趕快補一下洗髮精。」

洗澡時才發現洗髮精用完，那難過程度可是非同小可。

這種事還是趁早做完吧。

他走在走廊上如此想著，並打開更衣室拉門。

「──啊，哥哥。歡迎回來。」

「咦，姬咲？」

沒想到已經有人在浦島家的更衣室裡。

被突然打開拉門的惠太嚇到的，正是堂妹浦島姬咲。

她剛才或許在沐浴，有著E罩杯的她將頭髮放下，還穿著某件似曾相識的綠色內衣。

這件內衣，她似乎在之前澪來家裡時穿過。

更進一步說，這件並不是 RYUGU 出品的內衣。

惠太看到她穿著這件內衣，愣到連手中書包跟塑膠袋都掉到地上。

「姬咲，妳怎麼又對其他品牌的內衣花心了!?」

「哥哥突然闖進來偷看女生換衣服，怎麼還有心情講這種話。幸好我已經穿上內衣，如果還是裸體那就慘了。」

「是啊。真是幸好妳有穿內衣。」

正常狀況來說，即使穿著內衣依舊算是出局，但一般家庭的「正常狀況」，無法套用在浦島家上。

由於姬咲以模特兒身分讓他看過無數次身穿內衣的模樣，導致感覺早已麻木。

「先不說這個，妳花心實在是不可取啊。」

「哥哥講得也太難聽了。我這是在做市場調查，才會試穿各家品牌的內衣啊。」

「什麼嘛，原來是這樣啊。」

「不過，也不可否認這其中包含了我個人喜好。」

「妳果然花心了嘛!?」

「沒辦法嘛，誰叫 MATiC 的新作內衣這麼可愛。」

「MATiC?那不就是之前水野同學來的時候提到的品牌嗎?」

「是啊，KOAKUMATiC。現在在年輕女生裡很有人氣呢。」

MATiC 是簡稱，正式品牌名似乎叫「KOAKUMATiC」。

也就是小惡魔的意思，正如其名，賣點是設計可愛、價格親民，因此吸引了廣泛年輕族群。這品牌跟相對高價位的 RYUGU，可說是採取了相反的銷售策略，兩家品牌的客群同樣是「年輕女性」，因此也稱得上是競爭對手。

然而，現在這種事一點都不重要。

「竟然穿我以外的人做的內衣，哥哥絕不允許這種行為！」

「又沒有規定非得穿 RYUGU 的內衣。時尚是個人自由才對。」

「嗚……雖然不甘心，但確實有點道理……」

「這豈止是有點道理，應該說根本沒有反駁的餘地吧？」

「是說姬咲，妳怎麼在這時間淋浴啊。」

「今天上體育課流了一身汗——比起這種事，能拜託哥哥先出去嗎？我還正在換衣服呢。」

「真是不好意思。」

惠太道歉後關上拉門。

在姬咲換完衣服前也無法補充洗髮精，於是他決定先回房等了。

就在此時，玄關大門打開，另一位堂姊回家。

「啊，乙葉。歡迎回來～」

「哦……」

「乙葉……？」

剛回家的乙葉樣子一看就不太對勁。

該說是腳步站不穩嗎，總之整個人搖搖晃晃的，沒想到她一脫完鞋，整個人就乏力癱倒在走廊上。

「等、乙葉!?妳沒事吧!?」

惠太慌慌張張衝了上去，抓住那瘦小的肩膀將她抱起。

霎時間，強烈的刺激臭撲鼻而來。

「嗚哇，酒臭味……」

這顯然是喝醉了。

她臉紅的原因不是不慎跌倒，而是攝取過量酒精。

而姬咲聽到吵鬧聲，便穿著居家服從更衣室出來。

「姊姊，妳怎麼了？」

「我也不太清楚，她喝醉回來。」

「什麼——？我才沒醉～」

「都在我眼前醉倒了，還在胡說什麼啊。」

「哥哥，能幫我把姊姊搬過來嗎？」

「瞭解。」

惠太用公主抱將那嬌小的身體抱起，並送到客廳沙發上。

姬咲遞了杯水過來，乙葉便雙手抓住水杯緩緩飲盡。

「我去買薑黃飲，哥哥你先幫我看著姊姊。」

「知道了，出門小心。」

姬咲走出客廳，出門買能有效防止宿醉的飲料「薑黃的全力」。

而惠太目送妹妹後，視線便轉回到癱在沙發上的乙葉。

「乙葉，妳沒事吧？」

「只是稍微喝醉，這才不算什麼。」

「不是跟妳說過盡量少在外面喝酒嗎？乙葉外觀就是個蘿莉，喝酒看起來充滿犯罪氣息啊。」

「你好囉嗦……不喝酒是叫人怎麼幹得下去……」

「怎麼了嗎？」

「……其實剛才，我去見朋友介紹的打版師。」

「咦？是這樣喔？」

「她是在其他公司打工的專校女學生——她先在店裡等我，結果我一坐下她就講『妳是浦島社長的女兒嗎？媽媽人在哪呢？』社長就在你眼前好嗎！我就是RYUGU

的代表！」

「乙葉真的是每次都被初次見面的人當小孩……」

這事經常發生。

只能說怪不得人，誰叫她外型就長這樣。

「我想妳應該不至於直接發火把對方趕走吧？」

「哪有可能啊，我只有自我介紹解開誤會而已。問題是之後，她交出事前拜託她製作的內衣樣品……」

「問題在哪？」

「老實說，做得不是很好。」

「啊……」

惠太接任設計工作時，乙葉找來的池澤小姐技術非常好。

甚至能說，她跟兼任打版師的惠太爸爸相比也毫不遜色。

對品牌而言，維持商品品質乃是重要準則，若要找人頂替，最起碼也必須擁有與前任相同的水準。

「雖說內衣不是她的專門領域，但我們也不是隨便找個打版師就行。所以只好當下明說她沒被錄取。」

「這樣啊……真是可惜，不過再找其他人就好吧？」

「不，沒辦法了。」

「咦？」

「我已經找過所有能問的人了。現在正值繁忙時期，處處都缺人手，今天見的這個人也是好不容易才介紹給我的……我看這次真的不妙……」

「怎麼會……」

乙葉的黯淡神情，清楚表述了這並非玩笑話。

惠太眼前一片模糊，腦中再次浮現起倒閉兩字。

「抱歉……都怪我能力不足……」

「不，這又不是乙葉的錯。」

「還有一件事，得先跟你道歉……」

「嗯？」

「我快到極限了……整個噁心想吐……」

「拜託妳可要忍到廁所啊!?」

要是吐在這可就慘了。

惠太得知這意外的緊急狀況，便急忙抱起臉色蒼白的乙葉那嬌小身體衝出客廳，將她送進廁所。

◇

「就是這麼回事，我這邊也要開始幫忙找打版師。」

隔天放學後，大家待在老地方被服準備室。

惠太坐在他的慣用座位，而澪坐他對面開口說：

「沒有找到人手頂替嗎？」

「乙葉已經發出徵人啟事了，不過現在還沒人應徵。現在正值繁忙時期……而且，業界似乎傳出 RYUGU 工作很繁重……」

「怎麼會……」

「好像是池澤小姐在酒席上對同業朋友抱怨……」

「啊……」

不論謠言是真是假，惠太他們派給池澤小姐的工作太多仍是事實。

有不好的地方就要反省，未來得努力打造對員工友善的工作環境。

「所以現在浦島同學也得去找新人手啊。」

「坐著空等無法保證會有人來應徵，而且我也靜不下來。話是這樣講，我沒認識多少同業人士，正愁該如何是好。」

「意思是你也沒人可以問啊。」

與工廠接洽還有業務等工作都是由乙葉負責，所以惠太自己的人面並不廣泛。

「我姑且先問過小雪和絢花有沒有認識的人能幫忙，但那些出現在拍攝現場的人幾乎都有所屬公司了。」

「這麼說也對啦。」

「不知道哪裡有從版型到樣品都能製作的人才啊……」

「嗯……」

澪雙手抱胸陷入思考。

「……說不定，真凜可以幫忙。」

「吉田同學？」

吉田同學，也就是吉田真凜，她是澪的朋友。

和惠太跟澪同為二年E班的同學。

「真凜喜歡漫畫跟動畫，還會自己製作主推角色的角色扮演服。」

澪拿出手機給惠太看。

上面是真凜穿上類似魔法少女的角色扮演服的照片。

「哦，做得挺正式的耶。」

「她說自己很講究細部。」

儘管設計複雜，服裝卻完全沒有歪扭走樣。

這正是使用正確版型細細縫製的證據。

「我是不清楚她會不會做內衣，總之先問問看？」

「也是，反正現在也沒其他人能打聽了。」

而且光看角色扮演照片實在無從判斷。

畢竟還得向她說明狀況，於是惠太請澪傳訊息問她有沒有空出來談，對方立刻就回覆了。

「真凜好像還在教室。」

「那我們過去吧。」

兩人走出被服準備室，穿過二樓連通道回到教室大樓，接著走上三樓前往二年級教室。

一進教室，就見到裡面有一名留著短雙馬尾的女生。

真凜看到我們便站起身，小跑步過來——

「澪澪～！」

「哇？」

然後抱住澪。

澪因這突如其來的擁抱感到困惑，於是問真凜說：

「真凜，妳怎麼啦？」

「嗚嗚……我被瀨戶同學甩了……」

「咦，甩了？難道妳向瀨戶同學告白了？」

「不是這樣的……今天啊，我跟瀨戶同學負責打掃，打掃完我鼓起勇氣邀他喝茶。我就是簡單問一下『我晚點要去咖啡廳，有空要不要一起去？』……結果，他說跟其他女生有約所以拒絕我了……」

「意思是……」

澪聽完便一臉「糟糕……」的表情。

真凜口中的「瀨戶同學」就是瀨戶秋彥。

他也是E班的同學，和惠太是從國中便認識的朋友。

「我看他一直都沒女朋友就大意了，瀨戶同學很受女生歡迎，這怎麼想都是交到女朋友……人家失戀了啦～！」

「那個……真凜？浦島同學也在，妳還是先……」

「咦，浦島同學!?」

澪這麼一講，真凜才終於察覺惠太的存在。

「原來，吉田同學喜歡秋彥啊。」

「完全被發現了!?你……你不要跟瀨戶同學講喔……？」

「當然不會。」

惠太好歹也有最低限度的體貼。

擅自轉達少女戀心這檔事，未免太不識趣了。

「是說，吉田同學怎麼喜歡上秋彥的？」

「……其實，一開始我有點怕他。因為瀨戶同學個子高，眼神又銳利。」

「啊啊，他帥歸帥，看起來確實有點凶。」

「一年級時我們不同班，不過委員會時正好被分在一起……明明之前沒說過幾次話，可是他看我因委員工作困擾時還不經意地幫忙……我不知不覺開始在意他，然後就……」

「原來如此。」

「後來我都是一直單戀他，我明知道情敵很多，卻遲遲提不起勇氣……」

真凜眼角泛淚。

惠太看她這樣，便小聲對身旁的澪說：

「（這怎麼看，都不是能開口請她幫忙的狀況吧？）」

「（是啊。先想辦法解決真凜的煩惱吧。）」

兩人得出共同結論。

並默默對彼此點頭，組成真凜的戀愛啦啦隊。

「浦島同學跟瀨戶同學感情很好對吧。你有從他那邊打聽到什麼嗎？」
「不，我從沒聽說過他交了女朋友。」
「那就還無法肯定瀨戶同學是真的交到女朋友。現在放棄還太早了點。」
「是這樣嗎……」
真凜聽了湊的話，只是沒自信地嘟囔。
「順便問一下，瀨戶同學喜歡怎樣的女生？」
「簡單來說，就是胸部大的女生。」
「之前我也聽真凜說過。真是差勁……」
「男、男生都是這樣嘛，最起碼這樣十分健全啊！」
真凜急忙幫秋彥說話，雖然這番話並沒有幫到忙。
「我知道瀨戶同學喜歡巨乳，不過人家是貧乳啊……」
「吉田同學最近變C罩杯了，我認為並不算特別小喔。」
「咦？為什麼你會知道？」
「浦島同學好像只要用看的就大概知道了。」
「如果看到穿內衣的樣子能瞭解得更清楚。光是推估罩杯尺寸的話，穿著衣服也能看出來。」
「好、好厲害……不愧是內衣設計師……」

惠太的特技似乎有點嚇怕真凜。

「所以真凜真的變C罩杯了？」

「其實，我前陣子去店裡量才發現變大了……現在胸罩也換成C罩杯，只是看起來並沒有那麼大就是了……」

「那是因為吉田同學個子比較小。下圍較細，看起來會沒那麼豐滿。」

即使同樣是C罩杯，下圍65和70的人，實際胸部大小也會跟著不同。

根據概略估計，下圍65的C罩杯，看起來會跟下圍70的B罩杯差不多。

「如果用擠的不知道會不會變巨乳……」

「就算不是巨乳，吉田同學也很可愛，只要多多展示自己其他優點就可以了。」

「浦島同學……」

真凜聽了這番話不禁抬起頭來……

「可是……如果瀨戶同學交到女朋友的話，那一切都太遲就是了……」

表情又立刻變得灰心喪志。

「那麼，就去確認看看吧。」

「咦？」

「來調查秋彥是不是真的交到女朋友了。」

再怎麼抱頭苦惱事情都不會有進展。

最快的解決方法還是確認真相。

◇

「欸，秋彥？最近還好嗎？」

「咦？你這什麼超久沒見的親戚才會提的問題？」

體育課時，大家待在體育館角落等打籃球的順序，惠太就趁機向秋彥打聽，不過他卻一臉困惑地回答。

「沒什麼意思啊，只是有點在意。」

「就一如往常啊。真要說的話，就是昨天姊姊們半夜忽然說想吃便利商店的限定布丁，叫我出去幫她們跑腿，還附帶了全力衝刺才能勉強趕上的限制時間，結果我買回家她們又嫌『早知道就買冰了』……」

「這還叫一如往常，我怎麼覺得你的感覺根本麻木了。」

這三姊妹目中無人的程度也太誇張。

惠太實在忍不住同情他得過上如此不講理的生活。

「是說秋彥，你今天放學後有空嗎？」

「放學後？」

「我在找到新打版師前都無法工作，正閒得發慌。要不要一起去遊樂場。」

提這問題當然是為了調查。

雖然惠太跟昨天真凜一樣隨口邀他出去玩……

「啊——不好意思……我今天有約了。」

「有約？」

「是啊，就有點事……」

惠太回問，秋彥搔搔臉頰說：

「有個非見面不可的人。」

他一臉害羞地說出意味深長的臺詞。

「看來秋彥，今天也打算與某人見面。」

「連續兩天啊……」

「對方果然是女生吧……」

當天午休，吃完午餐的惠太，便與聚集在被服準備室的真凜和澪分享打聽到的情報。

「他有沒有提到那人是誰？」

「他似乎有些難以啟齒，問了也被含糊帶過。」

「要跟難以告訴他人的對象見面啊……」

「難、難道瀨戶同學，跟人妻發生那種關係……？」

「我想應該不是。」

高中男生與人妻交往，吉田同學的想像力未免豐富過頭了。

「昨天我沒講，其實秋彥不太擅長應對女生。」

「咦？是這樣嗎？」

「他確實從國中開始就很受歡迎，但我從沒聽說他交過女朋友。女生邀他去玩也都全部拒絕，總覺得像在刻意迴避。」

「真是意外，我以為他肯定戀愛經驗豐富。」

「不過，瀨戶同學到底是跟誰約見面啊？」

分享完一連串情報後，三人陷入思考。

「嗯……不擅長應對女生，卻跟人約見面……」

「而且對方是連身為朋友的浦島同學都不能說……」

「說話時看起來有點害羞，感覺應該不是普通朋友……」

惠太、澪、真凜輪流發表想法，最後三人得出相同答案。

「難道秋彥那傢伙……」

「和瀨戶同學約見面的人……」

「是個——男生？」

沒想到會出現這類ＢＬ發展，霎時間，三人難掩心中動搖。

瀨戶秋彥竟出現與男生交往的嫌疑。

「不不，秋彥怎麼可能……」

「可是，這樣就能解釋他為何難以啟齒啦？」

「瀨戶同學不是交到女朋友，而是男朋友……」

不擅應對女生的秋彥。

約好與人見面，卻不願說出對方是誰。

這一切叫人納悶的要素，都得BL論更具說服力。

「本來只是想調查他是不是交到女朋友，現在出現這種嫌疑可不是鬧著玩的。」

「我也沒想到事情會變這樣……」

「還無法肯定這就是真相啊。正好他今天也『有約』了——」

惠太扶正眼鏡，神情認真地說：

「放學後，我們就跟蹤秋彥。」

時間來到放學後。惠太、澪、真凜三人開始跟蹤離開學校的秋彥。

「秋彥那傢伙，腳步也太輕快了吧……」

「瀨戶同學要去哪啊？」

「是要跟其他學校的男生見面嗎……？」

班會結束後，目標人物就匆匆離開學校，走往他家所在的住宅區——

惠太他們躲在陰影處，慎重地保持距離跟蹤，避免對方發現。

就這麼跟蹤了一陣子後——

「這裡是……」

「是公園啊。」

秋彥進了一個再平凡不過的公園。

並走向附帶屋簷的涼亭。

他熟練地坐在涼亭板凳上，從包包拿出耳機戴上。

接著橫拿起連接耳機的手機，也不知是否在看影片，總之死盯著畫面。

惠太他們躲在附近樹叢觀察他，沒多久，秋彥便一臉害羞地說「呵呵呵，我也愛妳喔♡」。

「他、他說我愛你對吧!?他是在跟男、男男男朋友講視訊電話嗎!?」

「這就是時下流行的遠距約會嗎？」

「我們悄悄地靠近他。」

三人躡足繞到秋彥身後。

所有人站在目標正後方，戰戰兢兢地看向手機螢幕。

畫面上映出的，似乎是遊戲介面。

場景是一名留著雙馬尾的可愛貓耳女僕，笑著說「最喜歡你了♡」。

秋彥正用手機享受與女生模擬戀愛，也就是玩所謂的美少女遊戲。

「瀨戶同學在玩美少女遊戲——————!?」

「哈!?你們、怎麼會在這裡!?」

真凜這麼一喊，秋彥便嚇得取下耳機轉頭。

「秋彥才是，你怎麼來這種地方玩遊戲？」

「在家我姊會纏著我，說與其陪遊戲女生不如多陪陪她們，我哪有辦法悠哉玩遊戲。」

「秋彥的姊姊們真的是很自由奔放啊。」

秋彥是瀨戶家姊弟裡唯一的男生。

因此，他在家總是被三位姊姊欺負。

在惠太和秋彥對話時，真凜再次盯向遊戲畫面，然後提問道：

「咦？這遊戲是『獸耳☆工廠』嗎？」

「咦!?吉田同學，妳知道獸工!?」

「遊戲是沒玩過，不過動畫版我很喜歡。」

「真假，這遊戲其實挺冷門的，沒想到能在這地方見到同志……順便問一下，妳喜歡哪個女主角？」

「果然是瑪莉吧~我喜歡她一心一意只為服侍主人這點。」

「我太懂了！」

秋彥和真凜開始聊起宅話題。

就對話內容來看，他玩的遊戲內容似乎是與貓耳女主角們培育愛情。

「秋彥他們聊得好開心啊。」

「畢竟真凜對遊戲也很熟嘛。」

「是說水野同學，貓耳女僕的的尾巴是怎麼從衣服露出來的？是在內褲上開了洞嗎？」

「誰知道？」

「真想掀開她裙子確認一下。」

「咦？你還打算繼續這個問題？」

就在惠太和澪聊著沒營養的話題時，秋彥終於回神提出心中疑問。

「是說，你們三人怎麼會在這？」

「這個……呃……」

真凜頓時眼神游移、講話結巴。

此時惠太主動代替她蒙混帶過。

「今天我們三人打算去喝茶。結果偶然經過這裡，看到秋彥單手拿著手機說甜言蜜語，才想說你是不是在跟女朋友打電話。」

「我交女朋友？哈哈哈，哪有可能。」

秋彥笑說這種事不可能發生。

「瀨戶同學不是很受女生歡迎嗎？」

「是經常有女生找我搭話啦，不過我把三次元女生排除在戀愛對象外。」

「「什麼？」」

澪和真凜不約而同地說。

真凜難掩驚訝，畏畏縮縮地問道。

「咦，瀨戶同學不是喜歡巨乳女生嗎……？」

「看是喜歡看啦，但提到交往就另當別論了……說實話，我對女生沒什麼好印象。」

「是這樣嗎？」

「那是我還在讀小學時發生的事——我一升上四年級，就立刻被全班公認的可愛女生告白，交到人生第一個女朋友。」

「瀨戶同學從當時就這麼受歡迎啊。」

「只是沒多久後，就發生了因我而起的血淋淋爭奪戰。」

「「……咦？」」

兩位女生聽到危險的關鍵字，再次不約而同地說。

「你說血淋淋，當時發生了什麼事？」

「跟我交往的那女生，有兩個總是玩在一起的要好朋友，而那兩人似乎也喜歡我……」

「「嗚哇……」」

這下整個變八點檔了。

惠太大致猜出了接下來的劇情發展。

「最後她們哪一方都不願妥協，還在教室裡大打出手。又是捏臉頰、又是扯頭髮，總之鬧個沒完。我當時發自內心覺得女生好恐怖。」

「換做是我八成也會產生心理陰影。」

小學生看到那種景象，肯定會成為永生難忘的回憶，當然是指糟糕的那種。

「另外我還有三個姊姊，姑且不論她們外觀，可是個性真的糟透了。我見過無數男人被她們玩完就甩……不知不覺就變得無法相信女性，還害怕談戀愛……」

「也太可憐了。」

「小雪那時我就在想，太受異性歡迎也很傷腦筋。」

惠太也知道秋彥對戀愛沒什麼興趣。

不過關於他小學發生的事，這還是第一次聽說。

「我並不是討厭女生，要玩在一起是不成問題啦，只是一旦提到交往，就會變得踟躕不前……我無法抹去女人是恐怖生物的印象，最後就迷上了螢幕裡的女主角們。」

「原來你玩美少女遊戲是有這樣一層原因啊。」

「說實話，如果要結婚，那我寧可選二次元角色當老婆。」

這句話事實上算是單身宣言。

也能說是沒有打算和三次元女生交往的意志表現。

「（雖然是我建議她跟蹤的，這結果對吉田同學來說也很要命吧……？）」

「（喜歡對象竟然說只會愛二次元的女生。）」

惠太和澪兩人偷瞄向真凜。

此時，她一臉正經地對秋彥說：

「那個，瀨戶同學。」

「嗯？」

「我想多跟你聊些動畫的事，我們能交換聯絡方式嗎？」

「好啊。我也想多跟吉田同學聊聊。」

看來惠太他們不過是窮操心。

意中人眼裡只有二次元女生。即使面對這般逆境，仍沒有澆熄那蘊藏在真凜C罩杯胸部下的戀愛之火。

「欸嘿嘿，拿到瀨戶同學的聯絡方式了♡」

「太好了呢，真凜。」

真凜和秋彥交換連絡方式後，帥哥便再次回到遊戲世界裡，而三人也離開公園。

「原來吉田同學這麼瞭解動畫啊。真叫我吃驚。」

「算是吧，其實我還挺宅的。」

連角色扮演服都自行製作。

從這點就能看出她對作品的愛有多深。

「我跟秋彥也認識很久了，沒想到他有這樣的過去。」

「他說無法信任女性的原因之一，是他的姊姊們對吧。」

「他曾經跟我提過，瀨戶家姊妹確實很要命。」

「要命不該是拿來形容人的話吧……」

我實在想不到其他詞彙來形容那三姊妹。

總之她們的個性都太過強烈，也難怪秋彥會稱她們為魔女，若要舉例的話，她們一個個都像是角色扮演遊戲裡的最後頭目。

「不過，吉田同學真的還是喜歡秋彥？妳剛才也看到了，他可是會對遊戲中的女生說話的傢伙啊？」

「我倒是覺得能和喜歡對象有相同興趣讓我很開心。我看動畫時也像他一樣，而且跟瀨戶同學聊天很開心。雖然沒料到他只對二次元女生有興趣，但我會努力讓他回心轉意！」

「吉田同學……」

如此堅定的表白，叫人聽了忍不住想聲援她。

真羨慕秋彥能被這麼一位可愛女生喜歡。

「是說，之前傳訊息說浦島同學想找我談什麼事？」

「對喔，我是為了找妳談這件事才來的。」

「完全忘記了呢。」

現在真凜的煩惱已經解決，於是惠太從頭說明來意。

「其實我們，正在找能製作內衣的人。」

「我看真凜會做角色扮演服，說不定能夠做到。」

「嗯……我的角色扮演服確實是自己做的，可是我沒做過內衣，而且我想自己的技術還不到能拿來賣的程度～」

「這樣啊……」

然而真凜沒有給出可喜的答覆。

惠太姑且問了一下她有沒有認識會製作內衣的朋友，結果也是否定。

就這麼，惠太尋覓打版師的旅程又回到了起點。

◇

隔天早上，惠太在教室窗邊座位玩著手機，此時秋彥忍住呵欠走進教室。

「早，惠太。」

「哦——秋彥早。你怎麼看起來有點睏啊？」

「我看吉田同學推薦的漫畫看到停不下來。」

「你們馬上就開始交流啦。」

一開始看秋彥和遊戲角色對話時，還以為事情發展會變如何，幸好似乎還算順利。

「對了，你有聽說嗎？最近B班轉來一個超級美少女。」

「轉學生？怎麼在這種奇怪的時間點？」

「聽說是個有著小麥色皮膚的活潑女生。」

「哦——」

小麥色皮膚，這關鍵字可真是充滿魅力。

「對了，惠太。你對這個有興趣嗎？」

「這什麼？內衣設計比賽？」

秋彥遞過一本時尚雜誌。

簡單看過他翻開的那夜，似乎是雜誌編輯部主辦的內衣設計比賽，正在募集參賽作品。

「是柊奈姊拜託我的，她說目前沒多少人參賽，反正沒有募集條件，所以希望惠太也來參加。」

「啊啊，柊奈子小姐啊。我記得她是時尚雜誌編輯嘛。」

瀨戶柊奈子。

是瀨戶家的長女，目前擔任出版社編輯。

「嗯……不好意思，我沒辦法參加。現在 RYUGU 的事比較要緊。」

「我想也是——好吧，我去告訴她。」

「不好意思啊。」

「這本雜誌就送惠太了，你拿回家給姬咲看吧。」

「她應該會很開心。」

姬咲正值對時尚敏感的年紀。

她和總是穿著同一套衣服的姊姊恰恰相反，這應該會是個不錯的禮物。

「話說回來，打版師那件事該怎麼辦呢……」

當天放學後，惠太坐在被服準備室的專用座位思索。

六月都過好幾天了，至今依舊沒找到打版師，甚至沒人來應徵。

遲遲找不到解決方案，使他心焦如焚。

被逼到絕境的惠太念念有詞，此時一位留著飄逸中長髮的女學生走進房裡。

「浦島同學，辛苦了。」

「啊啊，水野同學……辛苦了。」

「怎麼無精打采的，打版師那件事還是沒進展嗎？」

「就是啊。徵人啟示也毫無下文，到底該怎麼辦啊……」

「是說，只要浦島同學學會打版不就解決了？」

「要是能的話我也想，但這不是一朝一夕能學成的。設計跟製作版型所需要的技術，完全是兩碼子事。」

學會新技術需費時間，這是理所當然的。

只怕在惠太學會打版前，RYUGU 就先倒閉了。

「要製作出正確無誤的版型，就必須對女孩子的身體瞭若指掌，加上內衣造型複雜，使得難度又更高了。」

基本上比起內褲，胸罩的價格相對更高。

這是因為胸罩造型複雜，所需零件和程序增加，成本也就跟著提升。

所以製作胸罩版型的難度，自然會比較為單純的內褲還要更高。

「……那麼，如果你不嫌棄的話，要我幫忙嗎？」

「咦？」

「只要能仔細觀察女生胸部，說不定就可以學會打版對吧？」

「理論上是這樣沒錯啦……」

儘管不切實際，但似乎有必要將惠太自己兼任打版師這方案視為最終手段。

只要能研究她的胸部，自然能使這個方案實現的可能性提升。

「不過可以嗎？妳不是覺得穿內衣的樣子被看到很害羞？」

「反正之前試穿會中止了。而且，我也想為 RYUGU 做點事。」

「水野同學……」

這是何等的奉獻精神。

惠太都忍不住被她的心意感動。

「那麼……我要脫囉……？」

這名同學害羞地說著，並將制服的緞帶解開。

她把緞帶放在桌上後，接著將上衣鈕扣一個個解開。

因為換成夏季制服少脫一件西裝外套，使她沒花多少時間，就將內衣展露出來。

惠太因這太過唐突的狀況心跳加速，並默默看著眼前的景色，沒多久，上衣就敞開，她美麗的肚臍，以及被桃色內衣包覆住的D罩杯胸部便一覽無遺。

「哦哦……」

這美好的景色令惠太不禁站起身來。

他久未目睹湊的胸部，頓時興奮起來，但沒多久——

「……嗯？咦？」

一股強烈的既視感襲向惠太，令他皺起眉頭。

「那個……水野同學？我問個問題，這件胸罩是……」

「啊，很可愛對吧。之前我和真凜他們去內衣店時，把心一橫買了 MATiC 的內衣。」

「又是 MATiC……」

「咦？有什麼不妥嗎？」

「沒想到不光是姬咲，連水野同學也移情別戀了……」

「移情……？」

「我現在心灰意冷……」

「為什麼我努力讓你看胸部，你還一臉掃興的樣子？」

幫忙製作內衣的女生竟然穿著競爭對手的內衣。

這個事實，使惠太心靈受到不小的打擊。

顏色雖然不同，不過澪穿的正巧是姬咲那款內衣，身為拮据少女的她願意花錢買下，代表MATiC的內衣確實是價格實惠。

正當他這麼想時，澪露出了顯而易見的不悅表情……

「算了。既然你沒有幹勁，那就不給你看了。」

「咦!?怎麼這樣!?」

澪穿著MATiC的內衣確實讓他受到打擊。

可是這兩件事完全沒有相關，況且惠太也想借這機會好好研究她的胸部。

或許是他太擔心錯失這次機會。

當惠太靠近扣上上衣鈕扣的澪，打算阻止她時，腳一不小心被桌腳絆到。

最後他失去平衡，朝前進方向倒下——

「啊……」

「呼欸？」

他的臉直接順勢埋進了澪敞開的乳溝裡。

加上他的身體為了保護自己而做出反射動作，使他無意識地抱住澪。

這突發狀況，使得澪滿臉通紅，嘴唇直打哆嗦。

「浦、浦島同學！你到底在做什麼——!?」

「請容我解釋，這只是場不幸的意外，還麻煩妳不要報警。」

「總之你快點放開我！」

也不知是生氣還是害羞，總之澪拼命地對惠太大喊，只可惜她的受難仍未告終。

「……惠太，你在做什麼？」

「惠太學長……」

接著發生了她能料想到最糟糕的狀況。

惠太和澪聽到聲音，便往門那邊看去，北條絢花和長谷川雪菜正冷冷地看著兩人。

「硬是抱住女生實在太差勁了……」

「惠太不公平！我也想把臉埋進澪同學的胸部啊！」

學妹以冷淡語調責備，學姊則不知為何燃起嫉妒之火。

惠太放開澪這個最大的受害者後，還費了不少時間才解開兩人的誤會。

包含澪在內的女性成員回家後，惠太將門窗關好後也離開了準備室。

他走在放學後的無人走廊上，回想起剛才發生的事。

「沒想到，MATiC的魔爪竟然還伸向了水野同學。」

繼姬咲後，連澪也移情別戀。

他身為一名內衣設計師，心裡肯定不是滋味。

「就算想早點完成新內衣還以顏色，但少了打版師連樣品都做不成，現在也只能等人應徵……」

今天是六月八日。

期限逐漸逼近。

要是惠太自己能做出樣品也就算了，可惜他不論是裁縫或打版都只是初學者，就算加緊練習，也不可能在短時間內學成。

這怎麼想都不切實際，就在他放棄這個方案時。

「——那邊的同學，能打擾一下嗎？」

「嗯？」

他聽到聲音一回頭，就看到走廊正中央有位陌生女學生。

這人身高大概一六〇公分。

是一位有著柔亮頭髮與褐色皮膚的女生，穿上全新夏季制服的她，以看似有些不悅的眼神，直盯著惠太上下打量。

（小麥色皮膚？莫非她就是秋彥說的轉學生？）

惠太回想起今早朋友說過的話。

有褐色皮膚這明顯的特徵，那她想必就是傳聞中的轉學生。

問題是，這樣一個人怎麼會找自己說話。

「我想說只要追著長谷川雪菜，總有一天會找到你，只是沒想到這麼快就找到本人。」

「咦？」

「你就是 RYUGU 的設計師對吧？」

「…………」

被初次見面的人說中身分，使惠太頓時提高警覺。

對方彷彿是看透他心中想法般說：

「啊，就算裝傻也沒用。剛才我有聽到你跟女生們在被服準備室的對話。」

都還沒問，這人就大大方方地說出自己偷聽。

她的行為實在太過可疑，使得惠太對她的警戒等級再次升高。

「妳到底是……」

「嗯……我忘記帶名片，直接用看的應該比較快。」

一說完，她就做出了出乎意料的行動。

她用雙手拉起裙子下擺，就猶如服務生毫不猶豫地掀起料理蓋子一般。

當然，這麼做肯定會露出底下隱藏的內褲——

而惠太見到這名陌生女生的內褲，不禁睜大雙眼。

「這、這件內褲是……!?」

她身穿的，正是這幾天看過數次的內褲。

雖然她穿的是淡黃色，但明顯與姬咲和澪穿的屬於同款設計——

就在看到這件內褲的瞬間，惠太直覺性理解了「她」的真實身分。

「不錯嘛，看來你也有調查過競爭品牌的新作。」

說完，她終於綻露出愉悅笑容。

「我叫浜崎瑠衣。是內衣品牌『KOAKUMATiC』的設計師——」

這名自稱瑠衣的少女，將裙擺放下，遮住代替名片的內褲。

「有空談談嗎，RYUGU 的設計師?」

第二章　轉職要在比賽後

這名在奇怪時間點轉學過來的女生——浜崎瑠衣提出「有事想談」，於是惠太帶著她到一個能慢慢談事情的地方。

在那空間，任誰都能毫無隔閡地聊天。

也就是剛才澪她們也在的被服準備室。

一進房間，褐色皮膚的轉學生便東張西望。

「很行嘛，竟然在學校有私人房間可用。你到底花了多少錢啊？」

「我只是向老師取得使用許可而已。」

「哼——？啊，對了。給我一張名片。」

「好是好。」

惠太從肩上包包取出名片盒，將名片遞給對方。

「浦島惠太……所以 RYUGU 的品牌名稱是取自於『龍宮城』？」

「我是這麼聽說的。浜崎同學才是，『KOAKUMATiC』可是知名品牌呢。」

「是啊。那不過是我爸爸經營的其中一個品牌，裡頭有好幾名設計師，規模也還算大吧。」

「沒想到是社長千金……我該稱妳為大小姐嗎？」

「普通點就好，大小姐什麼的不合我個性。」

「那我就叫妳浜崎同學吧——那麼浜崎同學，妳是怎麼知道我是 RYUGU 的設計師？」

「這個。」

瑠衣走到惠太面前，亮出手機畫面。

「這個……不是前陣子小雪發的推文嗎？」

那是她宣傳前扣式胸罩時發的文。

那段推文，還附了擺在床上的內衣照片……

「這角落拍到的，是這間學校的裙子對吧？」

「啊，真的耶。」

「我看這件有點像制服，就雇了偵探鎖定她讀哪間學校。」

「偵探……」

「一直停止活動的童星，一回歸演藝圈就立刻開始宣傳 RYUGU。怎麼想這兩者都有點關係吧？最後學校是找到了，可是偵探也不可能潛入學校，只好由我親自轉學調查。於是我跟著長谷川雪菜，最後在這房間找到浦島。」

「所以妳才會偷聽啊。」

「別講偷聽，那叫調查。」

說得可真好聽。

總之，我理解妳得知我身分的理由了……

「這行動力也太強了，轉學是這麼容易就能做到的事嗎？」

「這所學校是私立的，我捐點錢就進來了。」

「我還是第一次見到真正的資產階級……」

不愧是社長千金。

花錢方式真不是一般人能相比的。

「浜崎同學之前念哪所學校？」

「嗯？黑鐘女學院。」

「咦!?那不是位於東京的大小姐學校嗎……」

那是一所以漆黑水手服遠近馳名的名門女子高中。

據傳聞，裡面學生多半是大企業社長或政治家的掌上明珠。

「那所學校還不錯，也有幾個合得來的女生，美中不足就是校規太嚴。」

「我聽說那邊的偏差值很高……浜崎同學頭腦很好啊。」

「算還行吧。」

「而妳竟然說不念就不念……莫非浜崎同學是跟蹤狂？」

「啥？才不是好嗎。」

惠太戰戰兢兢問道，瑠衣卻一臉厭煩地否定。

「那為什麼妳要執意找出我？甚至還雇用偵探，這可不是常人會做的事啊？」

「當然是因為覺得你很礙眼啊。」

「礙眼？」

「我從小就不服輸。我幾經努力才獲得認可，進入 MATiC 工作，卻因為你也同為高中生設計師，害我時不時就被拿來比較……我早就想跟你一決勝負了。」

「咦？我竟然是因為這種理由被當成眼中釘？」

即使所屬公司不同，他們也身在同個業界，惠太的傳聞會傳到她公司也一點都不稀奇，不過因為這種事使她燃起敵對心理，害得惠太不知作何反應。

而瑠衣不顧惠太還跟不上這一連串發展，就指向他說：

「就是這麼回事——我們來分個高下。」

「分高下？」

「對，輸家得聽贏家的命令。」

「這也太荒唐了。」

還以為她想說什麼，沒想到是有如孩童口中會冒出的蠢話。

「我對比賽沒興趣，現在也沒空陪妳胡鬧。」

再講下去也只是浪費時間。

惠太背起包包，正打算回去時卻被她叫住。

「你確定？我覺得你聽到最後就會回心轉意喔。」

「嗯？什麼意思？」

「我說過了，剛才有聽到你們的對話。你們正愁找不到打版師對吧。」

「嗚……」

「最近有傳言說 RYUGU 工作非常繁重，還有人不眠不休工作，最後卻被當髒抹布拋棄了。」

「這也傳得太誇張了……」

都被外界傳到超越黑心公司了。

怪不得沒人來應徵工作。

「其實我在 MATiC 身兼打版師。」

「咦？打版師？」

「哼哼，我和只會設計的浦島可不同。」

「這得意的表情真叫人火大，不過確實很厲害……」

設計師兼任打版師這件事並不稀奇。

只是兩種工作都很吃重經驗，而她一個十幾歲女生竟然能兼任，代表她確實擁有相當的實力。

「所以我有個提案，如果比賽是我輸了，要我加入 RYUGU 擔任打版師也行喔？」

「由浜崎同學來當……？」

「如何？這條件不錯吧？」

「確實是很有魅力的提案。」

現在正急需找到新的打版師。

通常這麼美的事，肯定都會有什麼內幕。

「先問一下，如果比賽是我輸了會怎樣？」

我還沒打聽到她的目的。

當我詢問她委託偵探找出學校，甚至不惜轉學與我接觸的目的時，少女露出了有所企圖的笑容說：

「條件要相同才算公平啊？如果我贏了，你就得成為 MATiC 的設計師。」

當天晚上，惠太回家換好衣服後，便向乙葉報告事情經過，娃娃臉的代表聽完不禁傻眼。

「……啊？你要和 MATiC 的設計師比賽？」

「嗯。」

「你是白痴嗎？」

「對不起……」

現在兩人待在客廳，乙葉坐在沙發上，而惠太站在她面前。

此時翹腳抱胸的代表，「唉……」地嘆了一口長氣。

「對方目的很明顯就是想挖你過去啊。現在輸了就得跳槽，少了你這個設計師，RYUGU 才真的是玩完了你知道嗎？」

「我知道。」

我想瑠衣的目的是打算毀掉 RYUGU 這個競爭對手。

況且她都說視我為眼中釘了，挖我去 MATiC 是為了惡整我也說不定

「再等下去也無法保證會有人來應徵，我覺得這是一個能挖到優秀打版師的好機會。」

「話是這麼說沒錯啦……人家 MATiC 可是大公司經營的品牌，能在那裡工作，代表她也是名相當優秀的設計師啊。」

「MATiC 有這麼厲害嗎？」

「他們公司原本是生產洋服起家的，經營策略是典型的薄利多銷。在工廠大量生產壓低成本，再便宜提供給廣大客戶。跟主要販賣高價位商品的我們作法正好相反。市場上當然是便宜內衣賣比較好，我們的營利根本無法相提並論。」

即使 RYUGU 對內衣品質有絕對的自信，但產品價格偏高，無法大量生產也是事實。

正如乙葉所說，RYUGU 和 MATiC 的方針可說是完全相反。

「MATiC 本身算是新的品牌，不過他們家不只便宜，設計也很相當精細……你跟這樣的對手比賽有勝算嗎？」

「我盡力而為。」

「……惠太其實還挺那個的呢，真不知道該說你是凡事全力以赴，還是顧前不顧後。」

「是這樣嗎。」

「當年你說要繼承 RYUGU 拜託我幫忙時，也讓我嚇了一跳。」

「好懷念啊。」

「當時你上國二，也不算是多久以前的事吧。」

乙葉說完便閉上眼睛。

她花了點時間整理思緒，然後緩緩睜開眼睛。

「算了，是我沒找到人接任池澤，會演變成這樣我也得負部分責任。就照你想做的去做吧。當然我也會盡力輔助你。」

「謝謝。」

「相對的，你可不准輸啊。」

「當然。我才沒打算離開 RYUGU。」

我壓根沒打算成為 KOAKUMATiC 的設計師。

我是為了贏過浜崎瑠衣，將她挖進公司才接受這場比賽。

和乙葉談到一個段落，姬咲剛好脫掉圍裙從廚房走出來。

「談完了嗎？準備要吃晚餐了。」

「是啊，差不多了。」

「姬咲，今天吃什麼？」

「吃馬鈴薯燉肉喔。」

「太好了。」

乙葉起身踏著輕快步伐走向餐桌。

惠太跟著她走過去時，突然門鈴響起告知有人來訪。

「唔？這麼晚了是誰啊？」

「我去應門。」

惠太說完便走出客廳。

順著走廊走到玄關，開鎖打開大門。

「你好，我是剛搬到隔壁的浜崎。這喬遷蕎麥麵是一點小意思——咦？」

ご挨拶

「浜崎同學？」

站在玄關前的，是身穿褲裝的浜崎瑠衣。

她穿著方便活動的襯衫和工裝褲，打扮簡潔卻時尚，只能說真不愧是設計師。

「為、為什麼浦島會在這!?」

「因為這是我家啊。竟然還搬到隔壁……莫非妳真的是跟蹤狂……」

「什麼!?才不是!?」

瑠衣正面否定質疑。

「真的不是！我是昨天剛搬進來，根本不知道隔壁是浦島家，而且我明明就說過今天才知道你的事啊！」

「啊，對喔。」

她掌握我真實身分是今天發生的事。

「說起來，前陣子的確有看到搬家工人……」

他們是事前將她的行李搬過來吧。

時間點也跟她的證詞一致，看來她搬到隔壁純屬偶然。

「抱歉，把妳當成跟蹤狂。」

「你明白了就好……啊，這是喬遷蕎麥麵。」

「啊啊，謝謝。妳客氣了。」

接過喬遷蕎麥麵的盒子，兩人感到莫名尷尬，只能頻頻對彼此點頭。

「真沒想到，浦島你就住在我搬來的地方。」

「我也嚇到了，這未免太巧。」

「隔壁竟然住了個製作女生內褲的男人，這房子怎麼想都有問題吧？」

「浜崎同學還不是會做女生內褲。」

「我是女生所以沒問題。」

「嗚……怎麼莫名有種敗北感……」

「剛才那只是玩笑話啦。這是工作，跟性別哪有關係。」

「哦……」

這點兩人深有同感。

惠太也認為工作跟性別無關，說不定與她意外地合得來。

「說起來，浜崎同學的雙親呢？」

「他們不在這。我老家在東京，爸爸媽媽都住在那。讀現在這學校是能電車通勤，但太花時間了，所以我乾脆轉學順便搬過來。」

「所以妳是一個人住啊。」

「對，這間房是2LDK，正好分成寢室跟工作房。」

「這樣啊，原來同間公寓的格局也不盡相同。我們家是三人住，所以是3LD

K。」

「嘿——」

「……是說浜崎同學？」

「嗯？」

「我們這樣閒話家常好嗎？我們好歹也是競爭對手吧？」

「哈!?」

不知不覺竟然聊了起來。

瑠衣聽了才回想起這事，頓時收起表情。

「你、你別以為做這種事就能跟我和解喔!?你可是我必須打敗的敵人！」

「放心，我沒這麼想。」

「那就好……就這樣，我差不多該回去了。」

「嗯，謝謝妳的喬遷蕎麥麵。」

「不會不會。」

當瑠衣正想轉身離開時，

「啊，對了——」

似乎回想起某件事，她擺出一張表明敵意的強硬表情，以略帶羞澀的語調說。

「我沒打算跟你好好相處，不過未來，希望你以鄰居身分多多指教。」

◇

隔天，六月九日的午休時間。

惠太一如往常走進準備室，向坐在對面座位的澪說明昨天發生的事。

「所以浦島同學要跟浜崎同學比賽？」

「是啊。」

「要是輸了的話，浦島同學就必須離開RYUGU對吧？」

「是沒錯，反正找不到打版師，RYUGU一樣得面臨倒閉危機。既然找不到人頂替池澤小姐，那我也只能接受浜崎同學的提案了。」

「真虧乙葉小姐允許你這麼做。」

「乙葉她罵我說不要自作主張。」

「我就知道……」

「不過她最後也妥協了，只是叫我一定得贏。」

「她很信任你呢。」

「這點的確值得慶幸——所以，我非得贏她不可。」

「是啊，我也支持你。」

「謝謝。就我個人來說，實在無法原諒害姬咲和水野同學移情別戀的浜崎同學。

所以我正想好好修理她。」

「那人就坐在浦島同學旁邊耶。」

「哦，終於有人吐槽了。」

回答的不是惠太，而是有著耀眼褐色皮膚的女學生。

浜崎瑠衣就坐在惠太身旁，澪斜對面的座位上。

「浦島同學，你為什麼要放競爭對手進來啊？」

「還能為什麼，因為浜崎同學擅自跟來啊。」

「又沒關係。我也是這所學校的學生啊。」

她這麼一講實在無從反駁。

這準備室到底是跟學校借來用的，兩人並沒有權利將她趕出去。

而一臉輕鬆自在的瑠衣，將視線朝向澪說：

「對了，妳是水野同學對吧？妳是浦島的女朋友？」

「不是。」

「我想也是，不過妳否定得太快了吧？」

「水野同學是今年春天開始協助我製作內衣的模特兒。」

「咦!?浦島是找女同學當模特兒!?真假……一般來說都不喜歡讓男生看到內衣吧……」

「哼，這都是拜我的人望所賜。」

「拜託你不要囂張，我純粹是想要 RYUGU 的內衣才幫忙的。」

然而惠太沒有看漏，澪嘴上不饒人，臉頰卻微微泛紅。

他在心中默默為這模範般的傲嬌行為敬禮致意。

「原來如此，協助的回饋是得到新作品啊……這麼說來，她的身材確實很棒……」

「浜、浜崎同學……？」

被瑠衣直盯著，頓時害澪坐立難安。

「下圍65的D罩杯啊……胸部還挺大的嘛。」

「為什麼光用看的就能連罩杯尺寸都看出來……」

「妳問為什麼……只能說這算一種職業病吧？」

「到底是浦島同學的同行啊。」

「妳放心吧。等我贏了浦島，水野同學也一起來 MATiC 就沒問題了，十幾歲的試穿員可是非常寶貴，我會好好疼愛妳的。」

「贏的會是我，所以那種事不會發生。」

兩名設計師對彼此露出笑容，彷彿靜靜地迸出火星。

「是說，剛才浦島也講過，對我移情別戀是怎麼回事？」

「浦島同學看到妹妹和我穿了 MATiC 的內衣，感到不是滋味。」

「啊──移情別戀是這個意思啊。」

打聽到詳情的瑠衣，一臉壞笑地看著惠太說：

「你妹妹跟水野同學都很識貨嘛。MATiC 的內衣是真的很可愛。而且 RYUGU 主打高級商品，價格學生根本負荷不起，我看她們倆八成是穿膩了浦島做的內衣吧？」

「咕哈啊!?」

惠太吃上意想不到的攻擊，低頭壓住胸口。

「別、別以為這樣就算贏了……」

「別死撐了，你分明就大受打擊嘛。」

澪說得沒錯，剛才那下確實是致命一擊。

這並不是單單針對設計師，對所有創作者來說，「膩了」都是禁忌語。

瑠衣放著身受瀕死重傷的男生不管，操作手機給澪看畫面。

「對了，水野同學穿的內衣是這件？」

「啊，就是這件。我買的顏色不同，這件真的很好看。」

「真的？其實這是我設計的新作～」

瑠衣眉開眼笑。

澪購買的 MATiC 內衣似乎是她設計的。

相較於發現高興事實樂得合不攏嘴的瑠衣，RYUGU 的設計師則一臉死魚樣……

「這樣啊……水野同學也喜歡浜崎同學的內衣……」

「我覺得浦島同學的內衣也很出色喔。」

「好——！浦島同學恢復精神囉～」

「這傢伙會不會太好擺弄了？」

坐在隔壁的浜崎同學傻眼說，不過那種閒話根本傳不進滿血復活的惠太耳中。

澪看大家扯得太遠，於是將話題帶回來。

「所以比賽內容要怎麼定？」

「啊啊，關於這點——」

惠太取出昨天秋彥送的雜誌放在桌上。

接著翻開比賽通知那頁，給澪大致過目一遍。

「內衣設計比賽……？」

「這是時尚雜誌辦的讀者參加企劃，我想我們的比賽正好能利用這場企劃。」

「意思是我和浦島參加，得到較高獎項的人獲勝是吧。」

「原來如此，找外人評分也比較公平。」

既然要分出勝負，就必須得找到公平的審查員。

這場企劃是由與兩人無關的第三方團體所營運，正好符合公平這個條件。

「但相對的，期限其實快到了。」

「啊，真的耶。只剩一個禮拜不到……」

這個企劃是從網路上募集參加者，期限是六月十三號星期一。

結果發表則是一週後的二十號。

今天已經九號了，若不趕緊著手設計就絕對來不及。

「主題是『女生想在初次約會時穿的內衣』啊。」

「確實很像是時尚雜誌會出的題目——我問一下當參考，水野同學會想穿怎樣的內衣？」

「我現在沒有喜歡的人，所以不清楚。」

「這樣啊——」

她似乎還沒談過戀愛。

「……不過，如果我有喜歡的人，就絕對不會想穿銅板價內衣。」

「原因是？」

「畢竟我，也是個女生啊？」

「嘿……」

「怎、怎麼了……？」

「沒事，我只是想那個總是穿著百分之百純棉內衣的水野同學也成長了。」

「可以的話，拜託你別再提那件事了……」

儘管惠太沒那打算，還是不小心惹對方生氣了。

話雖如此，生著悶氣的水野同學看起來很可愛，所以完全沒問題。

「什麼銅板價內衣？」

「浜崎同學請不用介意。」

「咦——？我好想知道啊……」

銅板價內衣的真相被湮埋藏在黑暗中，看來這個「不論多麼在意都無法得知真相」的討厭詛咒，已被施加在瑠衣身上。

「順便問一下，浜崎同學初次約會會穿怎樣的內衣？」

「我哪有可能告訴競爭對手。」

「嘴巴這樣講，其實妳根本沒有戀愛經驗吧？」

「什麼!?」

「對喔，說起來妳之前念女校嘛？身邊都是女孩子，應該沒機會認識男生吧——」

「先、先說好，我只是現在沒有對象！別看我這樣，其實交過無數男朋友，經驗豐富得很呢！」

浜崎同學滿臉通紅站起。

看了她這模樣使惠太敢肯定。

（看這反應，浜崎同學肯定是個時髦婊。）

時髦婊是指沒有戀愛經驗，卻趕時髦故作經驗豐富的女性統稱。

第一次見到她時也穿著可愛的內褲，她外觀看似亮眼，但估計骨子裡是位純情少女。

「算了，就先不捉弄浜崎同學——」

「你是在捉弄我喔!?」

這算是小小報復她剛才那句「膩了」。

惠太享受轉學生的青澀反應後站起身來。

「距離比賽截止剩沒多少時間了，得趕緊去採訪認識的女生找靈感。」

當天放學，以拿到設計比賽冠軍為目標的惠太，獨自進行採訪來尋找設計靈感。

「什麼什麼？跟喜歡的人第一次約會想穿怎樣的內衣？」

「這跟浦島同學的工作有關嗎？」

「嗯，所以我想聽聽女生最真實的意見。」

最初的採訪對象是吉田真凜和佐藤泉。

惠太在放學後沒其他人的教室裡，單刀直入詢問正開心聊天的兩人——

「當然是選超級可愛的那種啊～」

「原來如此，採用經典選擇啊。」

專情於秋彥的真凜同學，提出了十分出色的見解。

「先不論對方會不會看到，總之有備無患嘛。」

「小、小凜……原來妳這麼成熟啊……」

「順便一提，我的決勝內褲是白色跟粉紅的條紋內褲！」

「啊、太好了。並不是太成熟的那種。」

聽完真凜自爆，佐藤同學鬆了口氣。

「佐藤同學呢？第一次約會想穿怎樣的內衣？」

「嗯……我的話，應該會選擇對方可能喜歡的類型吧。」

「哦……」

惠太聽到這有趣的想法不禁眼睛一亮。

「畢竟是難得的約會嘛，當然會希望對方能夠開心。」

「原來如此原來如此，佐藤同學是會竭盡全力服侍對方的類型啊。」

「……嗯？」

「初次約會還以讓對方看見內衣為前提，泉泉好大膽喔♡」

「咦？大膽……啊!?」

她終於察覺自身發言出了什麼問題。

泉臉蛋紅得像顆熟透的番茄，急忙否定道：

「不對！不是以給對方看為前提！我不是那麼積極的女生，甚至能說是有點內向、連跟男生牽手都會感到害羞……！」

「妳不必這麼慌張，這選擇很有戀愛中少女的風格，非常可愛。」

「……是、是這樣嗎？」

泉聽到惠太的想法，便害羞地把玩自己的短髮。

排球社的高䠷少女，佐藤泉的意見也十分優秀。

雖然出了點小插曲，但的確打聽到了相當寶貴的意見。

惠太拿慣用平板將真凜她們的見解記下後，走出教室尋找下個採訪對象。

「第一次約會穿的內衣？」

「嗯，小雪會穿什麼？」

「我覺得穿自己喜歡的東西就好啊。」

一年級教室位於教室大樓二樓，惠太在走廊上找到雪菜並向她打聽，最後得到這個答覆。

「配合對方喜好那麼麻煩，更何況約會還得四處走來走去，選擇方便活動的內衣才是最好的。」

「這意見確實很有小雪的風格。」

「說實話，胸部那麼大光是走路就夠累人了。」

「真夠實際的煩惱，不愧是G罩杯。」

她的想法十分值得參考。

意見會隨性格與體格改變，真是有趣。

與接下來有事的雪菜道別後，惠太拿起平板紀錄採訪內容，並考慮未來排程。

「雖然想問問看絢花意見，不過她工作似乎很忙啊。」

她時尚雜誌的攝影行程似乎全擠在一起，最近總是不見人影。

儘管可惜，但總不能妨礙人家工作，惠太問過一輪校內熟人後，便離開學校。

回到公寓，惠太就換上便服採訪堂姊妹們。

首先採訪的是在廚房準備晚餐的浦島姬咲，惠太對在居家服上圍著圍裙的妹妹提出同樣問題。

「如果是第一次約會，當然要用心準備啊。」

「哦？怎麼個用心法？」

「對女孩子來說，約會就像比賽一樣。想要迷倒男生，就應該要選擇比平時更積極大膽的內衣。」

「初次約會就穿太大膽會不會有點過頭啊？」

「純粹出門玩的約會確實是沒錯啦，如果是跟喜歡對象初次約會，當然要用盡全力啊。」

「姬咲妳真的才念國中？」

她才只是個十四歲的國中生，就莫名有種成熟魔性之女的架式了。

即使擔心她的戀愛觀，然而她的看法確實值得參考，於是惠太用平板記下內容，繼續找堂姊採訪。

「乙葉覺得呢？」

「蛤？約會要穿怎樣的內衣？」

坐在客廳沙發，將筆電放在膝蓋上進行作業的乙葉忽然一臉嫌煩。

「誰知道啊，我對這種事沒興趣……」

「乙葉在大學沒認識什麼對象嗎？」

「哪可能有。我長這樣，老早以前就放棄戀愛了。」

「就算個子小，我覺得乙葉也非常有魅力啊。」

「舉例來說？」

「首先比一般男性都來得有男子氣概。」

「我是女生欸……」

「臉頰跟嬰兒一樣柔嫩。」

「這跟邂逅異性又無關，你是在耍我嗎？」

「人很可靠，看似粗魯卻很溫柔，就像是真正的姊姊。」

「喂、別說了。這樣真的有點害羞……」

「還有不習慣被稱讚，誇幾句就會臉紅這點也很可愛。」

「你現在是欠扁嗎？」

她用一張生氣和害羞相加除以二的複雜表情瞪向我，但這點也很可愛。

「總而言之，乙葉也是位富有魅力的女生。哪天絕對會有人察覺並迷上妳的魅力，我覺得妳能更有自信去享受青春。」

即使已經成人，她仍是位女大學生。

就年齡來講，就算交過一兩個男朋友也不足為奇，我本來是想告訴她不需要放棄戀愛——

「惠太……」

「嗯？」

乙葉抬起她可愛的臉蛋，一本正經地吐露心聲。

「會迷上我的傢伙，肯定是蘿莉控吧。」

惠太吃完晚餐後，回到房間面對書桌，確認用平板記錄下的採訪資料。

「匯集了不少意見啊。」

採訪成果相當不錯，蒐集到足夠的情報。

「就剩參考這些意見，設計出參賽內衣了。」

他在心中思念那件尚未出世的內衣，不禁面露笑容。

這次要做怎樣的造型？

材質和顏色該怎麼選？

有無數要點得思考，使想像的翅膀無遠弗屆。

這正是這份工作的醍醐味。

也是從事內衣設計師工作最開心的一段時光。

「好了，這次該做成怎樣的內衣呢。」

惠太心懷期待，提筆著手進行設計。

◆

另一方面，浦島家隔壁，最近剛搬來的浜崎瑠衣，同樣窩在工作房設計參賽內衣。

「既然是比賽，那還是設計得亮眼點比較好……」

這次審查作品的並不是平時那些顧客。

而是擁有鑑別眼光的時尚雜誌編輯。

瑠衣正將這點列入考量思索對策。

「還有雜誌主要讀者群是十幾歲年輕人，最好別設計得太孩子氣……既然如此，我就減少裝飾，用精簡淬鍊的造型來一決勝負……」

她面對工作桌念念有詞，將腦中靈感寫在紙張上。

一開始總之先亂槍打鳥。

提出無數設計方案，再慢慢打磨、整合不錯的靈感，藉此提升精度。

這就是浜崎瑠衣的工作方式。

瑠衣全速運轉大腦，振筆疾書，並不由自主碎念：

「我好不容易才找到 RYUGU 的設計師……」

浦島惠太。

就不好的意義而言，他的確讓瑠衣十分傻眼，但這名戴眼鏡的男生，肯定就是一肩扛起整個 RYUGU 的支柱。

這使同為高中生設計師的瑠衣，不禁視他為勁敵。

能與惠太比賽，讓她發自內心感到興奮。

「我會拿出全力，讓你輸得心服口服。」

◇

六月十日，星期五午休。

澪打開被服準備室的門，忍不住為眼前景色瞪大雙眼。

「他又頭戴內褲了……」

惠太坐在老位子面對平板，頭上戴了件桃色內褲。

老實說，一名男生頭戴女用內褲的畫面實在太過慘烈，但這到底是第二次看到，

所以澪格外冷靜地向對方確認目前狀況。

「浦島同學，發生什麼事了嗎？」

「其實，我設計參賽內衣正陷入苦戰……」

「光是看你頭戴內褲就大概知道了……拜託先把內褲拿掉。」

澪提出要求，惠太便老實將頭上內褲取下，收進褲子口袋裡。

這段期間澪把書包放好，坐在他對面的座位。

「所以呢，這次是在哪個部分讓你停滯不前？」

「我不知道……」

「嗯？不知道什麼？」

「我不知道女生面臨約會時，會用怎樣的心情選擇內衣……!!」

「啊啊……浦島同學是男生嘛，要是知道那就恐怖了。」

浦島惠太是個男生。

只要他是男性，就無法真真正正地瞭解女孩子的心情。

「直接做成可愛設計不行嗎？」

「這我也考慮過，不過這麼簡單了事好嗎……總覺得如果只是要求可愛的設計，那根本沒必要加上初次約會這個主題。」

「這麼說也對啦……」

「過去我只要畫出適合女性的可愛設計就好，然而這次得要更加貼近女生的觀點。所以我想瞭解女生面對約會時的心情，卻難以想像……」

「這確實是個難題。」

明明狀況如此危急，卻莫名讓澪有些傻眼。

她心想，會如此認真為女性內衣苦惱的男高中生，放眼世界大概也只有他了。

「所以，現階段設計變成這樣……」

「這……還真是一眼就能看出你有多迷惘……」

平板上顯示的，是一件混雜了可愛和性感要素，顯得不倫不類的內衣。

即使新穎，卻不會讓人想在約會時穿上。

「其實我早就覺得，浜崎同學在這次比賽簡直有著壓倒性的優勢。」

「怎麼說？」

「因為不管怎麼想，身為女生的浜崎同學絕對比較瞭解女生心情啊。浦島同學光是出發點就不知道落後她多少了。」

「我的天啊……」

「難道說，你沒考慮到這點？」

「嗯……」

「我偶爾覺得，浦島同學其實挺笨的呢。」

「笨!?」

「對。所以你應該先多加思考後再採取行動。」

「怎麼辦……明明被罵笨，但一想到是被水野同學這樣的美少女罵，就覺得好像不壞……」

「原來浦島同學也有被虐狂的資質啊。」

浦島同學有著調戲女生使對方困擾會感到開心，如此虐待狂的一面。現在要是再加上被責罵會感到喜悅的性癖，那他就真的無藥可救了。

「只是，有點不對勁呢……」

「嗯?什麼意思？」

「我能理解浜崎同學視浦島同學為勁敵，可是我實在不明白她究竟有何目的……假如她是想讓 RYUGU 倒閉，那根本沒必要冒著風險主動提出比賽啊？」

「這麼講也對喔……如今 RYUGU 沒有打版師，就算放著不管也會自己倒閉……」

她曾說過，不喜歡被拿來和同為高中生設計師的惠太比較。

所以才想一決勝負，這點倒能明白。

那麼，瑠衣又是為什麼要挖惠太過去呢？

「也許，她純粹是想跟我比個高下也說不定。」

「不論浜崎同學目的為何，我該做的事都不會變。」

在比賽中贏過浜崎瑠衣。

要她按照約定，成為 RYUGU 的打版師。

正如惠太所說，這麼做才是保護 RYUGU 最實際的方法。

「我覺得浜崎同學應該是個強勁的對手。像我就忍不住買下她設計的內衣——對了……這麼說來……」

澪說到一半，似乎想起某事。

「我之前都忘了講，浜崎同學做的內衣，穿起來跟浦島同學的內衣有點像。」

「咦，是這樣嗎？」

「是啊。感覺非常合身，像被溫柔地包覆住。」

「哦——？那還真是不可思議。穿起來的舒適度會突顯出設計師的特色，所以每家品牌差異應該滿大的。」

「是這樣嗎？」

由於澪能拿來當比較對象的內衣較少，才會以為幾乎都差不多，其實內衣穿起來的感覺，會因品牌或設計師作風有所改變。

「現在比起那種事，還是先專注在參賽作品上吧。期限快到了，我得想辦法理解女生約會時挑選決勝內衣的心情。」

儘管在意穿起來感覺類似這點，但最重要的還是即將到來的截止日。

澪也開始幫忙思考對策。

「不然，實際和女孩子約會看看如何？」

「約會？」

「是啊，找其中一個模特兒約會，或許能得到靈感也說不定？」

「我懂了……妳是叫我在約會時掀起對方裙子，來確認對方穿的決勝內衣對吧。」

「既然大家都協助你做內衣，直接拜託對方給你看就好了，不用特地去掀吧？」

「只是，事前告知對方要取材的話，真的能得知正確資訊嗎？」

「什麼意思？」

「譬如平常沒在化妝的女士，參加小孩的教學參觀時會莫名卯起勁來化妝不是嗎？總覺得事前告知這場約會要拿來取材，會讓人拿出超出預期的幹勁去選擇內衣。」

「啊——原來如此。我沒考慮到這個可能性。」

就如同女士們會在參觀日卯足全力化妝。

這或許會讓約會對象選擇內衣時更加起勁。

事前得知這場約會是取材，或許會讓人變得愛慕虛榮，導致無法得知女孩子約會時最真實的心情。

「真是可惜，知道這是取材的水野同學，就得排除在約會對象之外了。」

「就我個人來說，沒什麼好可惜的就是了。」

「小雪她是藝人，應該很難找她約會吧……」

「而且人家前不久才剛復出。」

如今她已經敲定要演連續劇了，那麼現在正是最重要的時刻。

絕不能讓她冒這個可能演變成緋聞的風險。

「既然如此，對象只剩下絢花了……」

「問題在於，要如何讓她穿上決勝內衣。」

絢花以前曾對澪說過，自己對惠太並沒有抱持戀心。

即使惠太邀請她約會，面對一個沒有特別情感的男生，是不太可能特地穿上決勝內衣。

「就我而言，是希望能看到女生認真挑選的決勝內衣……這樣的話，我只能不告知絢花實情，想辦法誘導她認真約會了。」

「這該怎麼做啊？」

「本山人自有妙計。」

「妙計？」

惠太想出一個辦法，能夠確認絢花親自認真挑選的決勝內衣。

而這方法，完全超出了澪的想像。

「要使這妙計成功，還需要水野同學的幫忙就是了……」

「當然，需要幫什麼儘管說。」

「非常好。那麼就麻煩妳——」

坐在對面座位的惠太，神情嚴肅地告知她任務內容，彷彿像個要將部下送往前線的指揮官。

「我想拜託水野同學邀請絢花去約會。」

「……什麼？」

當天放學，澪先停在特別教室大樓的被服準備室前深呼吸後，才打開門入內。

「辛苦了，北條學姊。」

「哎呀，澪同學辛苦了。今天妳也很可愛呢。」

澪一出現，就讓坐著看雜誌的絢花樂得微笑。

對這位金髮學姊來說，水野澪這女生正符合自己的喜好，使她每次見面都會稱讚澪的外貌。

「既然打完招呼了，我能順便摸一下妳的屁股嗎？」

「當然不行。請不要動不動就想摸我的屁股。」

「真可惜，今天也被拒絕了♪」

「瞧妳開心的……」

即使被冷漠對待，絢花也是一臉開心。

被罵笨還感到高興的惠太固然變態，而澪也在絢花身上也感受到了類似特質。

先不論這個，現在應該集中在自己的任務上。

其實，當下這個與絢花獨處的狀況，也是惠太的策略所致。

他傳訊息召集絢花前來，好造就澪方便對她開口的特殊情境。

如今萬事俱備，澪下定決心走到她身旁。

「其實，我有事想拜託北條學姊。」

「哎呀，是什麼事？」

「呃……」

如今一實際行動，就突然害羞了起來。

澪的心兒砰砰跳個不停，臉火燙得彷彿像是剛洗好澡。

還不由自主地把手放在胸口，整個人扭扭捏捏的。

她用緊張神情看著眼前的金髮美少女，深深吸了一口氣後，大聲說出事先準備好的臺詞。

「明天，請妳跟我約會！」

第三章　關於想讓女高中生脫衣服的大哥哥

相約見面的星期六早上，絢花穿著輕便居家服，站在房間的全身鏡前，兩隻手拿著衣服交互放在自己身上比對。

「要穿哪件好呢……這件短裙也不錯，難得跟水野同學第一次約會，還是穿連身裙好？」

絢花最喜歡可愛女生了。

如今這位金髮美少女，被符合自己所好的學妹邀去約會。

也難免她會滿心期待做準備。

「決定了，就穿這件！」

她選了最近剛買的白色連身裙。

這件洋裝設計簡潔清爽，正適合初夏。

「衣服就穿這件——」

今天她特地早起沖澡，還花費大把時間仔細梳整自豪的秀髮。

儀容已整理完畢。

也決定好要穿的衣服，只剩下一樣東西要準備。

「內衣也得用心選擇才行。」

重申一遍，今天她要與水野澪——這個完全符合自己喜好的女生約會。

既是約會，就無法否定會有桃色發展。

她決定將所有可能性列入考量，進行萬全準備。

於是絢花走進櫥櫃，拉開抽屜。

從她的收藏品中，取出藏在最深處的一件內褲。

「終於要用上……這件準備已久的內衣了。」

◇

和女生約會時，怎樣的碰面情境最能令人心動呢？

在約好的地點等對方固然不錯。

光是想像對方會穿怎樣的衣服赴約就非常開心，也想看到花太多時間打扮的女生說出「我遲到了，對不起喔？」這句經典臺詞。

當然，讓對方等待再上前搭話也很美好。

一想到對方等待的是自己，即使抵達了也會忍住不立刻過去會合，而是會想躲在遠處偷偷觀望女生整理自己瀏海的模樣。

至於，這次約會要說是哪種情境的話——

「……咦？惠太？」

「嗨，絢花早安。」

惠太在約定地點站前廣場等待，約定時間五分前，盛裝打扮的兒時玩伴來了。

相較於笑著舉手打招呼的惠太，身穿白色連身裙和開襟衫的絢花則是一臉驚訝。

「絢花真的是穿什麼都很好看呢。妳今天也很可愛喔。」

「謝、謝謝……」

絢花略感困惑地道謝後，終於回過神問：

「不對啦，為什麼惠太會在這？」

「啊啊，其實——」

惠太簡單說明來龍去脈。

和 MATiC 設計師比賽的事。

以及設計比賽即將截止，自己正為製作參賽作品所苦惱，才計畫了這次約會。

「原來如此，是為了比賽才進行約會取材啊……」

絢花嘟囔著，並以輕蔑卻惹人憐愛的眼神看向惠太。

「簡單來說，我被騙了對吧。」

「若不這樣做妳就不會認真選內衣啊。」

「我就覺得奇怪，澪同學怎麼會邀我約會。」

「等的人是我讓妳失望了？」

「是啊。我以為今天能和澪同學約會，說實話現在有點沮喪。」

「那真是抱歉。」

惠太老實道歉，並重新確認兒時玩伴的穿著。

她身穿清純的白色連身裙，披著看似成熟的開襟衫，肩膀背著小小的手提包。

即使不懂穿搭，都能感受到她有多麼用心打扮。

看來內衣也一定也是經過精挑細選。

「騙妳是我不對。但我需要設計靈感才能贏得比賽。可以找個能靜下心的地方讓我看妳的內衣嗎？」

「算了，反正以前也被你看過無數次，要幫這點忙都是無所謂——」

絢花畢竟也是負責協助製作內衣的模特兒。

她當然也有羞恥心，不過她從很久以前就開始協助惠太，相較於澪和雪菜，露出內衣這件事並不會讓她感到多抗拒。

然而，今天的她卻和平時不同。

就在兒時玩伴差點首肯時，忽然驚覺某件事，「啊」的大聲叫了出來，接著態度突然強硬起來。

「……不行。」

「咦？」

「今天不行。內衣不行。總之不行。我絕對不會讓惠太看到。」

「為、為什麼……？妳平時不都會給我看嗎……」

「因為……」

絢花手壓住裙子，不知道小聲碎念什麼。

「……我總不能說以為能和澪同學約會，才會努力過頭穿上這件啊……？」

「咦，妳剛才說什麼？」

「我沒說什麼！總之不行就是不行！」

「絢花竟然打算抵抗到底……」

從她那被逼急的表情上，能感受到絕不退讓的強烈意志。

不過，這次事關 RYUGU 的命運。

為得到設計靈感，惠太也無法就此罷休。

「即使如此，我還是必須看到絢花的內褲！」

「等等!?惠太，你聲音太大了！」

「誰叫絢花不願意給我看內褲。」

「你別說這麼幼稚的話好不好。」

眼看即將引起周遭注目，絢花終於死心，嘆了口氣說：

「真沒辦法……不然這樣吧。」

「嗯？」

「你現在和我約會。我都難得打扮了，就這麼回去實在浪費，如果惠太的約會行程能滿足我，就讓你看內褲當回禮。」

「原來如此，這麼做的確簡單明瞭。」

只要這場約會能讓兒時玩伴滿意。

她就會讓我看今天的內衣當回禮。

這樣事情就單純多了。

「我懂了，就照妳的條件做。」

兩人談定條件。

無論如何都想看到內褲的惠太，以及無論如何都不希望內褲被看到的絢花，開啟了這場前所未聞的戰爭。

浦島惠太和北條絢花認識了十年。

過去惠太每天都和她玩在一起，一定程度上瞭解她的興趣喜好。

不論是她喜歡的衣服、內衣，甚至是漫畫小說的種類，就連喜歡的女生類型都瞭若指掌。

基於這些兒時玩伴的特權，他輕易就能選出絢花喜歡的約會景點。

也因為如此，惠太才以為自己能夠輕易滿足對方——

「剛才那電影如何？」

「普普通通吧。有趣歸有趣，要說有沒有滿足的話算是微妙。」

「這樣啊……」

兩人最先來到電影院，即使挑了絢花會喜歡的B級片〈廢城屍戀〉，她的反應卻差強人意。

其實這位兒時玩伴的喜好相當獨特。

她明明最愛這類喪屍電影，這次看完卻意興闌珊。

「好，我們去下個地方！」

接著兩人前往大型購物中心。

這裡最近才翻新再次開張，有許多時髦的店家，絢花那麼喜歡衣服，一定會喜歡才對……

「說實話，今天不是很想挑衣服。」

「妳都逛了一小時耶!?」

剛才她一臉雀躍地挑著衣服，可惜這裡似乎也不能滿足她雖然難以接受，但不喜歡也沒轍，兩人繼續走往下個地點。

「呼……今天喉嚨狀況不太好。」

「妳都連續唱了十首歌，還全拿了90分以上耶。」

她分明就唱得很樂，不過卡拉ＯＫ也難以獲得成果，於是兩人離開店家。

「接下來要怎麼辦?去打保齡球?」

「嗯……是還不壞，可是我沒那心情。」

「這還真是棘手啊……」

今天目的是確認絢花約會時穿的內衣。

為此得先定出讓她滿意的約會行程，結果卻不甚順遂，使惠太逐漸不安起來。

「唉，和澪同學約會說不定還開心點……」

「嗚哇……這樣講真的讓人很受傷……」

這就像在說跟其他男人玩還比較開心，聽了心情實在複雜。

澪雖然是女生，不過被拿來做比較真讓人心有不甘。

「讓女孩子開心原來這麼辛苦啊……這世上有女朋友的人，每次約會都是抱持這樣的心情嗎……」

「哼哼，別以為這麼輕易就能看到我的內衣。」

「想看絢花內衣還真的是不簡單……」

不愧是讀者模特兒，說什麼不自降身價。

這下我也得拿出真本事了。

「那麼，接下來就去那裡吧。」

「那裡？」

惠太決定使出渾身解數。

也就是使出手上最強大的一張王牌。

「……這裡是天國嗎？」

「就只是普通的女僕咖啡廳。」

惠太的壓箱寶就是女僕咖啡廳。

兩人從車站走一段路，來到某棟住商混合大樓二樓，一進店裡，身穿標準制服的女僕們就映入眼簾——

「要付多少錢才能把這裡的女僕小姐帶回家？」

「我想付多少錢都沒辦法吧。」

現在絢花小姐的情緒簡直是嗨到頂點。

甚至可說是興奮過頭，連發言都變得有些危險。

此時有兩位女僕發現客人上門，於是走到惠太他們面前。

「主人、大小姐♪歡迎回來～♪」

「歡、歡迎回來……」

活潑地打招呼的，是一名綁短雙馬尾的嬌小可愛女僕。

表現得畏畏縮縮仍努力上前接待的，是留著短髮的高個女僕，而她們正是惠太的同學。

「噯噯?我們穿女僕裝好看嗎?」

嬌小女僕——吉田真凜抬眼問道。

「請、請不要一直盯著看……」

高個女僕——佐藤泉則害羞得扭捏著身子。

「兩人都非常好看喔。」

「欸嘿嘿，謝啦♪」

「謝謝……」

惠太老實訴說感想，女僕們則做出恰恰相反的回應。

不論是精神飽滿的女僕，還是害羞內向的女僕都非常可愛。

此時真凜看向惠太身旁穿著連身裙的絢花。

「是說，這位大小姐應該是北條學姊吧?為什麼北條學姊會跟浦島同學在一起?我之前有聽說你們是兒時玩伴……哈!?難道你們兩人正在交往!?」

「交往倒是沒有，這其實是有原因的。」

「原因？」

「其實我們為了製作內衣正在取材。」

「啊啊，就是之前聽說的那件事啊～」

她一聽便恍然大悟。

其實兩人正賭上看內褲的權利進行比賽，但為避免狀況變複雜，還是先不提了。

「惠太，她們是？」

「她們是吉田真凜同學和佐藤泉同學。兩人和我同班，也是水野同學的朋友。」

「是這樣啊。妳們兩位，請多指教。」

「是，請多指教！」

「請多指教。」

女生們簡單寒暄過。

泉便靠近同事真凜耳邊說：

「小凜，差不多該帶位了。」

「啊，對喔。那麼主人、大小姐，請坐這邊的位子～♪」

兩位女僕將他們帶往窗邊的兩人座。

惠太和絢花相對而坐，拿起桌上菜單時，泉剛好送上冰水。

兩人簡單看過菜單，真凜便取出點餐機。

「請問決定好餐點了嗎？」

「那麼，我要這個『料理長的隨興午餐』。」

「我要點『臉紅心跳☆蛋包飯』。麻煩幫我用番茄醬寫上『最喜歡妳♡』。」

「『料理長的隨興午餐』和『臉紅心跳☆蛋包飯』。料理準備需時，麻煩請稍等～♪」

真凜露出正牌女僕般的完美笑容重複一次點餐，然後和泉一起走回內場。

絢花一臉凝重地盯著兩位女僕說：

「惠太……你覺得我該把真凜同學還是泉同學帶回家？」

「總之妳別把拐走女僕說得像是外帶餐點一樣。」

「就我個人來說，要左擁右抱也不成問題。」

「啊，妳沒打算聽我說話就對了。」

她似乎是真心對這間店感到滿意。

絢花看著女僕的表情非常開心，這讓惠太也不由自主放鬆心情。

光是見到這張笑臉，帶她來這間店就值得了。

「話說回來，你怎麼知道有這麼棒的一間店？」

「是吉田同學告訴我的。她說這間店剛開張，這六日要來打工當救火隊，如果有空可以來玩。」

「哼——？」

「聽說是認識的 COSER 在這打工，正愁人手不足。佐藤同學算是被吉田同學硬拉來幫忙的。」

「看來現在哪裡都人手短缺啊。」

「就連我們也找不到打版師。」

這個世道可真是艱難。

丟出徵才廣告卻無人應徵的痛，實在是感同身受。

「對了……」

惠太重振旗鼓，朝店裡東張西望。

「怎麼了嗎？」

「不，應該還有一個熟人在這——」

就在惠太確認店裡員工時。

「——讓您久等了。」

兩人聽見這個聲音，便抬起頭來，一位女僕站在旁邊。

她不是剛才負責接待的真凜或泉。

這位身穿黑白為基本色的標準女僕裝，手拿托盤端著料理的人正是——

「澪同學……竟然穿上女僕裝？」

這位新登場的女僕就是水野澪本人。

看到她的瞬間，絢花眼睛整個亮了起來。

「也未免太犯規了吧！澪同學跟女僕裝的組合棒到我差點失去意識了!?裙子和過膝襪的絕對領域簡直誘人犯罪——我、我能掀起妳的裙子看看嗎!?」

「當然不行，麻煩妳冷靜點。」

金髮少女聽了女僕的話，便把手放在自己的B罩杯胸部上深呼吸。

這段期間澪便迅速上菜。

惠太點的『料理長的隨興午餐』是漢堡排定食，主菜漢堡排放在鐵板上，看起來有模有樣。

而絢花的蛋包飯似乎是由上菜女僕負責寫字，所以上頭還沒有番茄醬。

「沒想到澪同學也在這打工，害我嚇了一跳。」

「前陣子我買了新內衣有點缺錢。穿女僕裝是有點害羞，但薪水還不錯。」

「啊啊，妳說那件 MATiC 的內衣啊。」

即使那件內衣價格實惠，仍對她的荷包造成不小的打擊。

「那個，今天真的是非常抱歉。竟然欺騙了北條學姊……」

「沒關係啦。我知道主犯是惠太。」

「可是……」

「如果澪同學難以釋懷的話，這樣吧……希望妳也用名字稱呼我，就像對雪菜同學一樣。」

「如果只是這樣的話……」

「就這麼決定了。」

兩人做好約定，絢花開心地笑了出來。

這件事的主要是因惠太而起，結果不留禍根，那自然是再好不過。

「對了，澪同學。」

「什麼事？」

「要付多少錢妳才願意成為我的專屬女僕？」

「出多少錢我都拒絕——還有，本店禁止拍攝，請別拿手機對著我。」

「怎麼會!?連拍照也不行!?」

「這畢竟是店裡的規則，絢花妳就放棄吧。」

「那就沒辦法了……」

惠太安撫後，絢花才一臉遺憾地放下手機。

「無法拍照真叫人傷心，這下我非得全力將澪同學穿女僕裝的身影烙入腦中——啊，能幫我在蛋包飯上寫『最喜歡妳♡』嗎？」

「好的。」

澪照絢花要求，用番茄醬在蛋包飯上寫字。

無法拍照而垂頭喪氣的她，頓時消失得無影無蹤。

絢花接受完美麗女僕的服務，便拿起湯匙大啖寫上字的蛋包飯，那模樣可說是無比幸福——

看到兒時玩伴的笑容，再次讓惠太笑逐顏開。

在女僕咖啡廳吃完稍遲的午餐後，惠太他們便到附近公園板凳上稍作休息。

「啊——好開心！沒想到最後連澪同學都出現了。」

「我事前有從吉田同學那打聽到，說這六日水野同學會去當女僕。」

「我現在肯定成了世界上最愛惠太的人。」

「滿足了？」

「當然！」

她綻放出耀眼笑容回答。

下一瞬間，絢花又「啊！」的回想起什麼，收起笑臉說：

「……剛、剛才那是騙你的喔？其實我並沒有多開心。」

「事到如今這麼主張也太牽強了吧。」

「嗚……」

「今天的絢花怎麼怪怪的？發生什麼事嗎？」

「呃……」

「跟我約會，真有這麼無聊？」

「才不是！」

惠太問道，絢花慌張地抬起頭否定。

隨後，惠太對上她的碧藍色眼瞳，這位兒時玩伴頓時漲紅了臉，難為情地移開視線。

「……怎麼可能會無聊。我好久沒跟惠太一起玩了，是真的很開心。」

「啊啊，我們倆最近幾年都忙著工作嘛。」

惠太要製作內衣，而絢花忙著雜誌攝影，幾乎沒機會像兒時那樣玩耍。

儘管嘴上不饒人，不過她似乎有好好享受這場約會。

「那為什麼妳要裝作無聊？」

「嗚……那、那是因為……」

「因為？」

她察覺到自己無法找藉口，終於說出實話。

「今天，我挑內衣時太過起勁……覺得讓惠太看到有點丟臉……」

「是這樣啊。」

怪不得她會抗拒。

她肯定是穿了相當勁爆的決勝內衣，才會堅決反對讓我看見。

「這麼一講，反而讓我更感興趣妳究竟穿了怎樣的內衣。」

「還、還不行。這種程度還稱不上滿足。」

「咦——？」

越說不行，就越是讓人燃起慾望去做。

這使惠太說什麼都非得探究她藏在裙底下的祕密。

「就不能忽然颳起一陣強風把裙子吹起來嗎。」

「惠太，你把那不該吐露的心聲說出口了。」

坐在一旁的絢花冷冷地看著他，嘆了口氣說：

「這還不都怪惠太。你一開始直接來邀請我約會，那我就會老實幫忙了……」

「咦?什麼意思？」

「…………」

惠太回問，絢花臉頰就瞬間漲紅得像櫻桃一般。

「沒、沒什麼意思!我是說我比你還要年長，應該可以多多依賴我！」

「絢花，妳剛才硬是想蒙混過關對吧？」

「我才沒有！」

但妳的臉依然紅成一片啊。

惠太怕惹她生氣，只好就此打住。

「我工作上認識了很多模特兒，只要拜託她們宣傳 RYUGU，多少就能增加營業額啊……」

「妳這麼講我是很開心啦，只是這樣無法解決最根本的問題。」

「這麼說也對啦……可惜我也沒認識打版師朋友……」

提升營業額確實能挺過一時。

只不過，長時間沒有發表新作，對品牌經營可說是相當致命，無論如何還是得找到頂替的打版師。

「對不起，我這兒時玩伴太沒用了……」

「不不不，絢花協助我製作內衣那麼久，已經幫得夠多了。」

「我從惠太那得到的東西相比，那點程度完全不夠……」

「咦？」

「你還記得嗎？你第一次送我內衣時的事。」

「啊啊，是絢花八歲生日對吧。」

當時惠太讀小學一年級。

他也是在那一年決定要成為內衣設計師。

「真叫人懷念。那是我第一次設計內褲，還拜託爸爸幫我做出成品。我記得，當時絢花很難過——」

當時絢花個性內向，還用瀏海遮住眼睛。

同學們似乎因為這點，嘲笑她打扮很俗。

所以年幼的惠太，才想做一件可愛的內褲，讓她打起精神。

因為自己母親穿上爸爸做的內褲總是非常開心，惠太打算自己做件內衣，讓重要的兒時玩伴重拾笑容。

「呵呵。」

「絢花？」

「一回想起來就忍不住笑出來。惠太你從當時就完全沒變。」

「妳這麼講，是拐彎說我孩子氣？」

「我是在稱讚你。當時打扮俗氣又內向的我能變可愛，還當上模特兒，全都是多虧惠太。」

「絢花……」

「謝謝你，當時送了我那麼件可愛的內褲。」

「啊、嗯……啊哈哈，這樣講有點害羞啊。」

他從不知道絢花其實是這麼想的。

絢花之所以會變漂亮，能接到雜誌工作，全都是憑她個人的努力，惠太並不認為自己幫了她什麼。

即便如此，若自己做的第一件內褲，成為她改頭換面的契機。

「就因為這樣我才無法放棄設計工作啊……」

最近總是聊些灰暗的話題，絢花這麼講，讓惠太感到慰藉。

只要不忘初衷，那怕再怎麼艱難都能向前邁進。

「好了，是時候該走了。」

絢花從板凳站起身。

「走去哪？」

惠太緊接著她站起來問道，她便開心地轉身說：

「當然是繼續約會啊。這可是事關少女的內褲，若不讓我滿足可沒辦法給你看喔♪」

幾小時後，時間來到傍晚，惠太和絢花走在他們住的住宅區上。

「謝謝你送我回家。」

「不客氣，讓一位盛裝打扮的女生獨自回家實在太危險了。」

兩人走到氣派的獨棟房子玄關前。

享受完約會後，惠太還特地送她回家，畢竟金髮碧眼的絢花實在是太過顯眼。

「今天玩得好開心喔。」

「是啊……結果還是沒想到設計靈感就是了……」

惠太他們離開公園後跑去遊樂場玩，又隨興走進雜貨店逛了一圈，盡情地享受後半段的約會。

即使沒找到靈感，但絢花和前半不同，玩得十分盡興，兩人度過一個充實的假日。

「我都忘了問，作品現在進展如何？」

「其實連草稿都沒畫完……」

「咦？我記得比賽截止日是後天……真的沒問題嗎？」

「我找了幾個認識的女生採訪，不過面對同個主題，大家卻眾說紛紜。有人認為可愛即是正義，也有人認為應該選擇成熟點的……這叫我如何是好啊……」

這次的主題是『女生想在初次約會時穿的內衣』。

根據這點尋求意見倒是沒問題，然而現階段卻無法活用蒐集到的資料。

絢花聽完惠太講述的現況，一臉狐疑說：

「哎呀，這些不都是相同的意見嗎。」

「相同？」

「想被對方覺得可愛，選穿成熟內衣去約會，結果都是戀愛中的少女想要『故作成熟』啊？」

「故作成熟……」

惠太聽了這句話才恍然大悟。

「原來是這樣啊……大家看似零零散散的意見，全是源自於同一個想法……」

想被對方覺得可愛。

選穿成熟內衣去約會。

全都是基於相同想法而生。

原本以為眾說紛紜的看法，無法拿捏的少女心，終於水落石出。

同時，惠太腦中終於浮現了清晰的設計輪廓。

他終於掌握住成品的形象。

「絢花，謝謝妳。我感覺現在一定能設計出好內衣。」

「只要能幫上惠太就好。」

絢花說著，臉上浮現令人不禁看到入迷的溫柔笑容。

「現在你終於有了靈感，今天就此解散吧。那麼惠太，辛苦你了。製作參賽作品要加油喔♡」

「絢花，妳先等等。」

兒時玩伴正打算轉身進入家門，惠太卻一把抓住她肩膀。

「道別之前，先照約定讓我看妳的決勝內衣。」

「你還記得啊……」

哪有可能忘記。

說到底，端詳她的決勝內衣才是今天約會的目的。

「妳都玩得那麼開心了，總不會說還不夠滿足吧？」

「既然你都有靈感了，應該沒必要再看我的內衣吧……」

「妳吊了我胃口這麼久，我現在回去肯定會在意到靜不下來。只要看了絢花的內褲，我一定能專心工作。」

「惠太你真的是一點都沒變耶……」

「沒時間了，快點讓我看吧？」

「咦?在……在這裡……?」

絢花難掩動搖。

周遭沒有其他人，兩人又正好站在自家土地，不必擔心被人看到，但終究是在屋外，這使她心生抗拒，遲遲無法行動。

可是惠太並沒有打算放過她，而絢花也知道自己無處可逃。

那張可愛臉蛋漲得通紅，畏畏縮縮地用雙手抓住裙擺，最後她做好覺悟，將連身裙拉到胸口。

「這、這是……!?」

真相終於大白，惠太忍不住瞪大雙眼。

「竟然是……黑色蕾絲!?」

原來絢花穿的是黑色蕾絲內衣。

這與她平時穿的內衣胸罩截然不同。

布料面積算是正常，設計也相當可愛，然而黑色材質使得內衣倍增妖豔，或者說是顯得太過主動積極——

「絢花……」

「……什麼事?」

總之那大大方方的風貌，的確夠格稱作是「決勝內衣」。

能把這件道具穿得如此好看，只能說真不愧是絢花，不過……

「這件內衣，會不會故作成熟過了頭啊?」

「是啊……」

絢花露出光彩奪目的肌膚和內衣，臉蛋卻像顆蘋果般通紅，她默默將視線移開。

「我也覺得，穿這件似乎衝過頭了。」

◇

在凌晨零點換日之時，惠太停下手邊工作，將平板觸控筆放在桌上，大大地伸了個懶腰後起身。

他悄悄地離開房間避免吵醒家人，然後打開玄關大門走到外頭。

此時，隔壁身穿褲裝的女生，在同一時間走出家門。

「咦，浜崎同學？」

「浦島？」

浜崎瑠衣看向這邊，驚訝得眼珠子眨個不停。

和鄰居在同一時間打開家門撞見彼此，算是住公寓常見的事，但兩人並非關係親密，甚至能說是一言難盡，顯得格外尷尬。

話雖如此，既然視線對上了，就無法視而不見。

瑠衣一臉無奈地問：

「這麼晚你怎麼出門？」

「參賽內衣設計到一個段落，所以想出門喘口氣。」

「哼——？」

「浜崎同學呢？」

「我也差不多吧。還有順便去趟附近的便利商店。」

「都這麼晚了耶？」

「其實我晚餐還沒吃。家裡也沒存糧了，得去補充。」

「我能問一下晚餐打算吃什麼嗎？」

「我是打算吃泡麵跟飯糰啦……」

「這樣吃對身體不好喔？」

「沒辦法啊，我忙著做參賽作品。」

「也對，一個人住真的是很辛苦。我運氣好，家裡有個擅長煮飯的妹妹，每天都有美味料理可吃。」

「欸，這算什麼，也太令人羨慕……」

瑠衣的表情看起來是真心感到羨慕。

「算了。我現在沒空陪現充聊天，再見。」

瑠衣說完便轉身走向電梯。

惠太則是若無其事地跟在她後頭。

「……咦？為什麼要跟著我？」

「妳要去便利商店吧？我有點擔心，所以想跟著去。」

「擔心……我一個人又不會有事。」

「不行啦，這種深夜怎麼能讓女生獨自出門。等意外發生就太遲了，就算瑠衣同學拒絕我也要跟去。」

「你也未免太強硬……算了，隨你高興吧？」

眼前同學一臉嫌煩地中斷對話，邁步向前。

而惠太則跟在出門買晚餐的瑠衣後頭，兩人坐電梯到一樓，走出公寓。

路途中，他們保持適當距離並肩走路，瑠衣忽然問道：

「你那邊的進度如何？」

「終於做好一半吧。」

「咦，真假?截止日是明天耶，來得及嗎？」

「是有點勉強，不過設計方向已經確定了，一定能趕上。浜崎同學呢？」

「我做完九成了。就只剩完成作品。」

「哦哦，真是優秀。」

「我是屬於一點一滴完成工作的類型。」

「我也得向妳看齊啊。」

浦島惠太這個男人，曾在製作雪菜的前扣式胸罩時，從白紙狀態開夜車一口氣完成設計。

他就是俗稱的慢熱型，非得死到臨頭引擎才會熱起來。

他們走了五分鐘後抵達便利商店，瑠衣買了泡麵和飯糰，惠太則是買雪兔大福（香草口味）便走出商店。

回公寓的路上，手持塑膠袋的兩人，和去程時一樣緩緩走在步道上，卻開始聊起內衣話題……

「浦島你會先從胸罩還是內褲開始設計？」

「嗯——看狀況吧。浜崎同學呢？」

「我一定都從胸罩。畢竟胸罩才是內衣的亮點。」

「……妳說什麼？」

惠太聽了驟然停下腳步。

「這話我可無法當沒聽到。主角應該是內褲才對吧。」

「啥!?內衣的亮點怎麼想都是胸罩吧！所有人一進商店目光都會被胸罩吸住，只有女生才會穿的胸罩才是主角！」

「不不不，別這麼快下結論。有些女生在家不穿胸罩，但幾乎沒幾個人會連內褲都脫掉吧?沒有內褲才會讓人傷透腦筋，這就證明了內褲才是內衣的主角！」

「不——對，胸罩才是主角！浦島你根本什麼都不懂！」

「不懂的是浜崎同學！內褲才是主角！這點我絕不妥協！」

「胸罩！」

「內褲！」

兩人開始了這世上最沒意義的爭論。

即使擾民，在這夜深人靜的街上，也沒人會出來責罵他們。

兩人邊走邊吵回到公寓，坐電梯上七樓，快步穿過走廊——

「這場對決就用比賽結果做個了結！」

「正合我意！」

「我說什麼都讓你輸到哭喪著臉——還有，謝謝你陪我去便利商店！」

瑠衣撂下只有在虛構作品中才會出現的狠話，接著隨口道謝後就回到自己家。

此時只剩惠太被留在原地。

「哭喪著臉，我還是第一次在日常對話中聽到這句話。」

惠太因這珍貴體驗而有些感動，隨後也回房繼續作業。

◇

後來，惠太平安完成設計，並上傳到雜誌官網。

未來一週他休養生息、耐心等待，終於迎來六月二十日星期一。

比賽結果於下午一點公佈，午休時間所有相關人士都聚集在被服準備室裡。

「浦島，你做好心理準備要收掉 RYUGU 來 MATiC 了嗎？」

「浜崎同學才是，妳做好覺悟要當 RYUGU 的打版師了？」

所有人圍著準備室中央的桌子，手持慣用平板的惠太，和拿著手機的瑠衣相對而坐。

「我開始緊張起來了……」

「別擔心，惠太沒問題的。」

「惠太學長，要是輸了我可不放過你。」

而澪、絢花、雪菜三人站在惠太身後。

瑠衣看到 RYUGU 的女生陣容，不禁詫異地說：「浦島你不光是長谷川雪菜，連讀者模特兒『瀧本絢』都認識？你們究竟是什麼關係？」

「絢花是我兒時玩伴。」

「真假……竟然有個金髮美少女當兒時玩伴，浦島前世到底積了多少陰德啊？」

「抱歉，我有點聽不懂浜崎同學在說些什麼。」

「從微乳到巨乳應有盡有，RYUGU 的模特兒陣容會不會太豪華了……能在這種環境工作真是令人羨慕……」

「哎呀，根據條件，我也是能接 MATiC 的模特兒工作喔。」

「咦？真的嗎？」

瑠衣聽了絢花的提議後眼睛為之一亮。

「相對的，浜崎同學在工作結束後要和我去賓館共度一晚喔♡」

「浦島，這人到底在胡說什麼？」

「絢花最喜歡可愛女生了。」

「欸欸……」

「像浜崎同學這麼可愛的女生，我隨時歡迎喔♡」

「抱歉。模特兒的事還是當我沒提過吧。」

大家聊著聊著，時針終於走到整點──

時間來到決定命運的下午一點。

「哦，更新了。」

「結果呢!?」

惠太和瑠衣各自確認平板跟手機畫面，惠太身後的女生們也一起看向螢幕。

「啊，佳作有浜崎學姊的名字！」

「我找到浦島同學的名字了！是亞軍！」

「冠軍好像是國中生。」

成功贏得比賽冠軍的是「匿名妹妹（十四歲）」所設計的粉紅色內衣，上頭加滿褶邊點綴，十分可愛。

惠太確認過設計後說：

「哦……不愧是冠軍作品，是件非常出色的內衣啊。」

「浦島同學的內衣也很棒啊。」

「是啊，這設計的確讓人想在約會時穿。」

「謝謝。」

惠太設計的是一件灰色內衣。

他刻意不在胸罩、內褲上加任何褶邊裝飾，只在中間加了一個緞帶，而罩杯上半部使用一些蕾絲材質，使底下肌膚微微透出，成功將可愛和妖豔兩種相對要素並存。

對多數女生來說，這種單純卻成熟的設計反而平易近人。

「到頭來，還是這種內衣合我意。」

「原來如此。惠太學長希望對方約會時穿這樣的內衣啊？」

雪菜壞壞地笑說。

附帶一提，瑠衣的作品是用紫色點綴的黑色內衣，胸罩下半部加了像是蕾絲紗窗般的裝飾，設計得相當細膩。

「浦島同學是亞軍，浜崎同學是佳作，比賽是我們贏了。」

「可惜輸給了國中生。」

「這也沒辦法。匿名妹妹的內衣是真的很可愛。」

比賽跟年齡無關。

能夠奪冠，就證明了那件內衣確實是富含魅力。

相較於接受結果的惠太，瑠衣卻低頭以顫抖聲音嘟囔：

「……我難以接受。」

「浜崎同學？」

「這種結果，我完全無法接受……」

「勝負分曉了，現在死不認帳可是很丟人喔？」

「不對！我不是在說這個！」

瑠衣奮力站起身，否定雪菜說的話。

她看向自己手機畫面上，那件奪冠的粉紅色內衣——

「為什麼這玩意會拿冠軍!?浦島的設計絕對比這東西還棒啊……!!」

「咦？」

「嗯？」

「什麼？」

絢花、雪菜、澪聽了瑠衣的話，紛紛感到納悶。

在場所有人都看向褐色肌膚的少女，此時惠太帶頭問：

「呃……難道浜崎同學，喜歡我做的內衣？」

「啥!?你在胡說什麼!?我、我我我我怎麼可能會喜歡?」

瑠衣慌張否定，額頭卻冒出無數汗珠，顯然是心生動搖。

她甚至還按住裙子，整個人變得扭扭捏捏……

「看妳這反應……莫非浜崎同學，妳穿在身上?」

「什、什麼意思?」

看瑠衣眼神游移、滿頭大汗，使惠太更加確定。

他那制服裙子底下，藏著某個「大祕密」。

「那、那麼，我先走了!」

「小雪!GO!」

「遵命!」

學妹雪菜接獲惠太指示，就從身後架住企圖逃跑的瑠衣。

霎時間，豐滿胸部直接貼在瑠衣背後，讓她不禁瞠目說：

「這女生胸部未免太猛了吧!?」

「哼哼，厲害吧?小雪的胸圍可是G罩杯呢。」

「怎麼是浦島同學一臉得意?」

澪冷冷地看著惠太說，總之眾人成功阻止瑠衣逃跑。

惠太也站起身，靠近被學妹抓住的瑠衣。

「你、你們想對我做什麼……？」

「不必擔心，沒事的。只要妳乖一點，我們就不會動粗——那麼絢花，能拜託妳嗎？」

「包在我身上。」

絢花點頭微笑，走到瑠衣面前。

接著她當場蹲下，毫不遲疑地用雙手抓住對方裙子。

「等等、北條學姊!?妳到底想做什麼!?」

「就跟妳看到的一樣啊，我要掀瑠衣同學的裙子。」

「住手!?」

眼看裙子即將被掀起，這名女同學便拼命求饒。

站在惠太身旁觀望的澪終於忍不住開口：

「這麼做確定沒問題嗎？」

「對方是女生，由我出手就變性騷擾了。」

「下達命令的人才是主犯吧。」

金髮學姊根本沒將惠太她們的對話聽進耳裡。

即使瑠衣扭著身子抗拒，但被雪菜從身後架住，害她無法阻止進入變態模式的絢花。

正巧瑠衣又是位美少女，使得實行犯一整個在興頭上。

「呵呵呵，硬是襲擊一臉厭惡的女生還真叫人興奮♪」

「拜、拜託先等一下……」

「才不等♡」

「不!?」

「嘿♡」

「不要啊啊啊啊啊啊啊啊啊啊啊啊啊啊啊!?」

結果就這麼分曉了。

絢花毫不留情地將瑠衣穿的裙子掀起。

她今天穿的是純白內褲，不過這件內褲，總覺得似曾相識——

「答對了，惠太。她果然穿著 RYUGU 的內衣。」

「而且那還是以水野同學為形象做的『澪系列』第一號作品。」

「嗚……嗚……人家嫁不出去了……」

一切就如預料，瑠衣穿著 RYUGU 的內衣。

那件正是前陣子剛發表的 RYUGU 新作，值得紀念的澪系列第一號作品異色版。

在大家放開瑠衣後，澪才終於明白那件內衣代表的意思。

「原來浜崎同學，是浦島同學內衣的粉絲啊。」

「對啦！我喜歡浦島做的內衣啦！」

瑠衣明白自己無法開脫，於是乾脆自白。

「我買了很多 RYUGU 的內衣，還拿來當成關鍵時刻穿的決勝內衣，我之所以轉學，也是為了見 RYUGU 的設計師，其實我的設計，都是揣摩浦島的內衣做成的。」

「難怪穿起來感覺這麼接近。」

澪這才明白。

為何不同品牌的東西會如此相似。

原因就是製作的設計師，是 RYUGU 內衣的粉絲。

「既然如此，為什麼妳要提出比賽？」

「那還用說。我喜歡浦島做的內衣，我是希望你加入 MATiC 才提出比賽。」

「原來如此，浜崎同學是個傲嬌啊。」

「不准說我傲嬌。」

「姑且不論理由，妳願意穿我的內衣，讓我非常開心。」

「……哼。」

瑠衣哼了一聲，害羞地別過頭。

總而言之，這下終於明白她的內情。

「不過贏了就是贏了，浜崎同學得成為 RYUGU 的打版師。」

「我知道……我跟爸爸提過這場比賽的事了……雖然他臭罵我不要自作主張……」

「不難理解他會生氣。」

「任誰聽到女兒輸了就得跳槽到競爭對手那邊，都會做出這種反應吧。」

絢花和雪菜同意道。

正巧此時，瑠衣的手機忽然響起。

「才剛說完，爸爸就打來了……看來他也看到比賽結果……」

瑠衣看向這邊，我點頭示意。

接著她露出一臉沒勁的表情，按下通話鍵。

「……是、是我……是……是……對不起，我不該自作主張……我有好好反省……」

她將手機靠在耳邊，對著不在場的父親頻頻低頭。

看來就如大家所料，她正接受父親的斥責。

「就算沒聽到對話，大概也能猜出內容了。」

「看著認識的人被家人罵，感覺有點可憐啊。」

就在惠太和澪聊天時，瑠衣將手機拿離耳朵看向惠太。

「浦島，今天放學後有空嗎？」

「有是有，怎麼了？」

惠太一反問，對方就緊張地說：

「我爸爸說，想跟浦島談談……」

當天放學，下午四點二十分，距離約定時間還有些餘裕。

兩人相約在站前某間氛圍沉穩的咖啡廳，而惠太已在座位上等待。

他喝著剛點好的咖啡，過沒幾分鐘後。

某位人物進入店裡，惠太一眼就直覺認知到那是瑠衣父親。

因為那名身穿灰色西裝的商務人士，和瑠衣一樣有著小麥色的肌膚。

「嗨，你就是浦島惠太對吧。讓你久等了。」

「不會，我也剛到。」

惠太為免失禮起身打招呼。

他看似三十幾歲，梳整好的髮型和乾淨打扮，都能窺探出這人有多麼一板一眼。

「對了，瑠衣沒來嗎？」

「她說不想聽人嘮叨，所以在外面等。」

「原來如此。」

他邊苦笑，邊示意請惠太坐下，他自己則坐在正對面的座位，並向前來的服務生點了杯熱咖啡。

「先容我自我介紹。我是瑠衣的父親浜崎悠磨。這次真是不好意思，女兒給你添了麻煩。」

「不，沒這回事。」

聽見社長要來還以為是怎樣的人物，沒想到對方態度出乎意料地和善。

看來她父親是個正經人。

「我這樣講可能有些多事，你雇用偵探調查我，又捐款讓女兒轉學，會不會太寵她了啊？」

「哈哈哈，這可真是戳到痛處……啊啊，不好意思。這對你來說沒什麼好笑的。」

他道歉完接著說下去：

「我也認為太過縱容瑠衣不是好事，不過我個人也相當在意RYUGU。」

「這是什麼意思？」

「其實，我和你父親是大學同學。」

「咦？是這樣嗎？」

這可真是叫人大吃一驚。

瑠衣沒提過這項情報，代表她或許也不知道這件事。

「我還記得以前經常和他爭論『胸罩和內褲，哪個才是內衣的主角』。」

「我前陣子才跟你女兒吵過同樣的事……」

「哈哈哈，看來有其父必有其子。」

沒想到我會做出跟爸爸相同的事……

儘管有些害羞，我卻莫名覺得還不壞。

此時，剛才的服務生將咖啡端上，悠磨拿起杯子啜了一口。

「其實我沒想到，當年那個惠太竟然會繼承RYUGU。」

「咦？」

「你可能不記得了，我們在你還是嬰兒時見過一面。那次之後，我忙到沒空與你父親碰面，但還是有維持聯繫……直到三年前，我再也聯絡不上他，後來才聽說他獨自跑到國外，這也讓我忍不住擔心起惠太。」

「你是指……」

三年前──這個時間點象徵的意義令我不由自主心悸。

我不想再繼續這個話題。

然而，我卻無法告知心中想法，也無法就這麼離開現場──

「葵小姐的事，我深感遺憾。」

「…………」

對方如我想像提出這話題，我不禁語塞。

對方見我沒有回應，便察覺到我的想法。

「……抱歉。我不該多話。」

「不會……」

經過了幾秒鐘寂靜，他又開口說：

「我們進入正題吧。我聽瑠衣說了，你們正愁找不到打版師對吧？」

「是。所以想借助瑠衣同學的力量……可以嗎？」

「當然，我簡直求之不得。打從很久以前，我就認為那孩子應該多見見世面。如果你願意雇用她，那我也能放心。」

「那麼……」

「是啊，女兒就拜託你了。」

還以為他會反對，沒想到卻爽快答應了。

我甚至覺得會鬧出修羅場，這結果還真讓人沒勁。

「本來等她上大學後，我就打算讓她獨自生活，現在只是將預訂提前。不過為了讓她出社會學習待人處事，房租以外的生活費都得自己張羅。」

「突然變得好嚴厲啊。」

「畢竟我也無法讓她不停轉學啊。至少高中畢業前，就讓她在 RYUGU 工作吧。那孩子的設計能力還差強人意，打版技術倒是不錯，應該能幫上不少忙。」

「非常感謝。」

「不會。將來能招一個像你這麼優秀的人才當女婿，我們家可就高枕無憂了。」

「……嗯？」

總覺得剛才聽到一句相當重要的話，惠太看向他問：

「那個，你說的女婿是──」

在臺詞說完前，他已經站起身……

「好了，晚點我還有其他行程，就先告辭了。若有機會，拜託幫我跟你父親打聲招呼。」

「咦？啊……好……」

「呵呵呵，我看可能要不了多久就能抱孫子了。對了，我會先結帳，惠太你就慢慢坐吧。」

他開心地留下這句話，便結帳離開店裡。

惠太一面目送他，一面歪頭感到不解。

「……什麼孫子？」

隨後，惠太喝完冷掉的咖啡也離開咖啡廳，而身穿制服的瑠衣則站在入口旁邊。

她見到惠太出來，便舉手「喲」的打聲招呼。

「剛才爸爸傳訊息過來了。看來事情還挺順利的。」

「算是吧，悠磨先生打從一開始就不打算反對。」

「似乎是這樣。他說『妳就暫時獨自生活見見世面』。」

「這下妳是就真正意義變一個人生活了。」

「應該沒問題吧。所幸我找到工作了。」

「雖然現在問有點晚，妳就這麼離開 MATiC 好嗎？」

「我之前也說過，那邊除了我以外還有其他設計師，沒問題的。而且……看到你的設計，我想不服輸也難……」

「嗯？浜崎同學？」

「別在意。我沒事。」

她抬起低下的頭，用笑容掩飾心情。

「我都離開自己的品牌要跳槽過去了，現在可不准浦島反悔說不雇用我喔？」

「才不會呢。浜崎同學願意過來真的是幫了大忙。」

「那麼從今以後我們就是同事了，請多指教。」

惠太握住她伸出的手。

儘管發生不少事，不過終於找到了新的打版師。

現在總算能重新開始，卻必須加緊腳步。

惠太正認真思考，應該挑哪個時間點告訴她，距離夏天新作發表的工作死線大概只剩十天。

第四章　為美好的內衣回獻上祝福！

浜崎瑠衣是一名優秀的打版師。

打版師的職責，是根據設計師提交的設計圖，做出生產所需的版型。

這份工作，有點接近分解立體拼圖。

除了思考內衣要用什麼材質的布料製作，在組合時，還得將各零件完整結合在一起的模樣畫在紙上。

只要版型出了一點差錯，縫製時就會走樣，無法做出美麗的造型。

瑠衣正小心翼翼地在桌上攤開的紙張上畫線。過去她都在公司辦公室進行製作，如今她加入 RYUGU，自家其中一個房間就成了她的工作房。

完成版型後，她就開始著手製作樣品。

她操作起平時慣用的縫紉機進行縫製。

那動作有如默默工作的機械，卻一針一線都充滿愛情。

就這麼，胸罩即將完成，她看著樣品全貌，不由自主嘆了口氣。

「雖然不甘心，但浦島的設計是真的很厲害……」

他將可愛與成熟這兩個相反的元素融合在一起。

特別值得一提的，是這件內衣不光是造型出色，其中還蘊藏了計算好的機能美。必須徹底考慮到使用者，才能製作出穿起來如此舒適的內衣。

他身為設計師的能力，果然是貨真價實的。

設計越是優秀，就讓人工作得越投入，相對的，也因為設計者不是自己，才會心有不甘。

希望自己也能早日設計出這樣的內衣。

瑠衣將這個近似焦躁的情感當成燃料，整個人投入在作業之中。

此時她斜眼瞧向旁邊的時鐘，時針早已過了零點。

◇

六月下旬，某天放學後，惠太出現在被服準備室。

他站在桌前，手上拿的是一件粉綠色的胸罩樣品。

其清爽的配色和裝飾，都讓人感受到夏季到來，惠太一臉凝重地檢查這件用柔軟材質製作的胸罩。

瑠衣看他那副模樣，也不禁緊張起來，最後戰戰兢兢地問：

「……如何？」

「太厲害了，這簡直無可挑剔。」

「哼哼，那當然♪」
惠太如實告知評價，她便一臉得意自豪地說。
實際上，這樣品真的是非常出色。
要徹底理解設計師意圖，才能做出如此完美的造型，造型的正確度，就象徵著版型有多精密。
她身為打版師的技術的確相當了得。
「看來其他設計交給妳也沒問題了。」
「意思是試用期結束了？」
「嗯。我會把下個設計交給妳，就照這狀態做下去吧。」
「真會差遣人。」
「如果太累我會調整行程。」
「你以為我是誰啊？這點程度對我來說根本小意思。」
瑠衣雙手抱胸說。
有這麼一位可靠的打版師加入，實在是幫了大忙。
雪菜和絢花從惠太兩旁冒出，還一臉感興趣地直盯著瑠衣製作的樣品……
「浜崎學姊手真的好巧喔。」
「做工這麼細膩，太厲害了。」

「我好歹之前也是在大公司工作嘛。」

瑠衣加入 RYUGU 後，這幾天她都頻繁出入被服準備室，跟模特兒成員相處得相當融洽。

尤其是跟同年級的澪特別要好——

「瑠衣是什麼時候開始做打版工作？」

「上高中吧。國中時我就經常去公司露臉打雜。」

「嘿——好厲害喔。」

「澪去書店打工也很懂事啊。」

她們現在關係甚至好到會用名字稱呼彼此。

瑠衣面向站在牆邊的澪開始閒話家常，視線卻忽然往下望。

「話說回來，澪的胸部真的好漂亮啊……」

「欸、瑠衣？妳怎麼一直盯著我胸部看？」

「其實我比起三餐更喜歡胸部。」

「就算妳一本正經這麼說……」

「我在之前學校仔細觀察過班上女生的胸部，不知不覺就被人冠上了品乳師的稱號。」

「品乳師……」

「當我初次見面時就這麼覺得了，澪的胸部真的是符合我的喜好。不會過大又不會太小，這比例可稱得上是絕妙……我能摸一下嗎？」

「當然不行……」

或許是感受到人身危險。

澪用手抱住身體隱藏起胸部。

「瑠衣真是太狡猾了！澪同學的胸部是屬於我的！」

「我覺得澪學姊的胸部應該只屬於澪學姊就是了。」

此時絢花和雪菜也加入對話，女生們大聲吵成一片。

「嗚呼呼，澪同學的Ｄ罩杯～♡」

「等等、絢花學姊!?別突然從背後揉我胸部!?」

「現在是怎樣，是逼我參戰嗎!?」

「原來浜崎學姊也是個變態啊……」

絢花用雙手享受澪的胸部，而瑠衣也希望加入戰局，至於雪菜得知學姊其實喜歡胸部，便在一旁傻眼地看她。

惠太看到女生的互動，除了大飽眼福外，也不由自主笑逐顏開。

「大家感情真好啊——」

雖然感情可能好得有點過頭了……

反正大家和睦相處，自己還是在一旁守候她們就好。

之後，惠太和瑠衣倆一起離開學校走回家。

他們住同一棟公寓，自然變得經常一起回去。

附帶一提，惠太每天早上都想睡到最後一刻，所以幾乎不會和瑠衣一起上學。

兩人走在妥善修整的步道上，走在身旁的瑠衣以手遮口打了個呵欠。

「看妳好像很睏啊？」

「是啊，昨天做樣品弄到很晚。」

「咦？不行啦，要好好補充睡眠。」

「你自己還不是，一集中精神就會做到熬夜。」

「是沒錯啦。」

兩人可說是一丘之貉。

只要過度熱中，就會工作到忘記時間。

「不過打版師住在附近，確實讓我工作變得更順利。」

「之前不是嗎？」

「我都寄郵件或打電話聯絡先前的打版師，樣品則是請她郵寄。」

「哼——？在 MATiC 設計師跟打版師也都在同一棟大樓工作，這樣的確比較輕鬆。」

和池澤小姐聯絡都靠郵件或電話，現在瑠衣就住在隔壁，要聯絡起來非常方便，可說是好處無窮。

「說起來浜崎同學的父親，感覺明明在為小孩擔憂苦惱，真虧他願意放妳來RYUGU。」

「他說我關於設計要學的事還多著。乾脆趁這個機會好好在惠太身邊學習。」

「這樣啊。」

「實際上，浦島的設計的確很厲害，讓我收穫不少。」

「我和浜崎同學不同，只懂得設計，所以算是互利互惠吧。」

說著說著，兩人就抵達自家公寓。

惠太他們進入大廳，電梯正好下樓開門，一名紅頭髮的幼女走了出來。

「咦，乙葉？」

「你們回來啦。」

這名一如往常穿著輕便衣服，將長髮綁成馬尾的幼女——浦島乙葉發現兩人，便小步走向他們。

「代表辛苦了。」

「哦——」

乙葉舉起手簡單回應了瑠衣的寒暄。

兩人已經見過面，交流也算順暢。

「乙葉，妳要去哪？」

「便利商店。冰正好吃完。」

「明明才六月，今天也真夠熱的。出門小心車子喔？」

「你當我小學生喔。」

乙葉煩躁地碎念，接著視線轉向惠太身旁。

「浜崎看起來也慢慢習慣我們這邊了。最開始聽說妳提出什麼比賽，我還以為事情會變怎樣，總之妳能加入 RYUGU 真是太好了。」

「啊，不客氣……」

「妳的家人聯絡我，要我多多關照女兒。工作以外有困難也儘管說沒關係。」

「是，謝謝。」

「就這樣，我去買冰了。」

乙葉搖著馬尾走出公寓。

瑠衣看著她的背影，見她走出公寓大門後說：

「……那個，浦島？」

「嗯？」

「代表她，真的二十歲了？」

「她是貨真價實的二十歲成人女性。她有汽車駕照，還是手排的。」

「真假。」

「她偶爾會租車帶我們出門，不過經常被警察攔下。」

「畢竟怎麼看都像是小孩在開車嘛。」

看見一名身高一四三公分的童顏女性開著汽車，也難怪會被警察攔下。

最後乙葉亮出駕照，警察道歉，這模式已成慣例。

「妹妹讀國中胸部就比我還大了，浦島家的基因到底是出了什麼問題？」

「就是說啊。」

大學生姊姊是個蘿莉，國中生妹妹卻有著E罩杯隱藏巨乳，只能說這般不平衡也是生命奧妙所在。

兩人邊聊邊走進電梯，惠太按下七樓按鈕。

「說到姬咲讓我想到，今天晚餐吃火鍋，她問浜崎同學要不要一起來吃。」

「咦、火鍋!?我先問一下……是什麼火鍋？」

「她說是特製醬油高湯煮的牛腸鍋。」

「那絕對超好吃啊！」

「哦哦，這麼有興趣啊。」

「我搬家後才知道……什麼都不做就有飯吃是多麼幸福的事……」

「一個人生活煮飯很辛苦嘛。」

「是啊。我多少會煮點東西，只是一個人吃就會嫌麻煩。」

飯不可能自動冒出來，這是理所當然的事。

就浦島家的狀況，正因為姬咲每天負責煮飯，惠太和乙葉才能專注在工作上。

「所以妳要來吃？」

「嗯……這提案確實很有魅力，但今天就算了吧。」

「怎麼了，今天有事？」

「我工作行程排好了，得簡單吃完飯後開始作業。我身為 RYUGU 的打版師，絕對不能砸了公司招牌。」

「浜崎同學……」

正好電梯抵達七樓。

電梯門打開，兩人一出走道，褐色肌膚的同學便快步奔向自家門前。

「就這樣，之後樣品做好我再拿過去。」

「啊啊，嗯……」

瑠衣打開大門，直接回到家裡。

被獨自留下的惠太也走向自己家門，卻在她消失不見的門前停下腳步。

「浜崎同學，真的沒問題嗎……」

這陣子，工作可說是一帆風順。

夏季推出的新作設計圖幾乎全部完成，就剩瑠衣做出版型，完成樣品而已。

只不過，這關鍵人物打版師似乎努力過了頭——

唯獨這件事是他心裡的疙瘩。

◇

事件發生在惠太和家人開心吃著牛腸鍋的隔天，他走在放學後的校舍，前往被服準備室時。

「——浦島同學！」

「嗯？」

當時他走在一年級教室所在的教室大樓二樓。

惠太一回頭，就看到澪難得慌張地衝向他。

「水野同學？怎麼了嗎？」

「剛才我跟B班的同學問過……瑠衣今天似乎請假了……」

「請假？」

「她好像感冒了。」

「哎呀呀……畢竟浜崎同學這陣子都專注在工作上……」

「浦島同學沒有提醒她嗎？」

「我本來有打算講，可是我無法叫正在努力的人不要努力過頭。」

「我懂你的心情，但還是得適時叫她休息啊？」

「真是抱歉……」

其實惠太昨天就感覺到異狀了。

瑠衣完成第一個樣品的速度比想像中還快，很可能是在旁人沒看到的地方勉強自己。

「我是想去探病，不過今天要去書店打工……」

「別擔心，我會去看看。而且我家就在隔壁。」

「拜託你了。有什麼狀況就連絡我吧。」

「嗯，謝謝。」

一個人住還感冒肯定非常難受。

惠太也對讓她勉強自己感到內疚，於是趕緊將目的地改成玄關，然後離開學校。

途中與澪道別後，惠太繞到最近的超市，買了大量食材和運動飲料。

他手提塑膠袋走回公寓，搭電梯抵達七樓。

穿過走道，停在瑠衣家門前。

他壓抑急躁的心情，按下門鈴後……

「浜崎同學……都沒應門啊……」

等了一段時間仍沒反應。

即使打電話、傳訊息給她也沒回覆。

若她是在房間睡覺，或是去了醫院倒還無所謂……

「要是她倒下的話該怎麼辦……」

惠太一想到最糟糕的狀況，就嚇得魂不附體。

他擔心瑠衣衰弱到無法操作手機，最起碼希望確認她是否平安。

「咦……奇怪？門沒鎖……」

惠太試著轉動門把，沒想到門竟然沒上鎖，輕易就被打開。

就一個女生獨居來說，也未免太不小心，但這次卻幫了大忙。

惠太姑且小聲說句「打擾了——」來傳達自己的來訪後進門。

這麼做就算被報警處理也無法有怨言。

即便如此，鄰居體力不支暈倒的問題才更大。

裡頭格局跟惠太家多少有些差異，不過好歹是同一棟公寓，基本上大同小異。

惠太脫鞋穿過走廊，悄悄打開看似臥室的門。

「……浜崎同學？」

正如他想像，這是瑠衣的房間。

以前她曾說過另一個房間才是工作房，所以裡頭並不像惠太房間擺滿工作道具，而是一間普通的女生房間——

目標人物正躺在位於窗邊的床上，發出小小的呼吸聲。

看到人沒事姑且能先放心，但她的燒好像還沒退。

惠太走近一瞧，瑠衣的臉色並不太好，看似睡得有些難受。

「果然讓她勉強自己了……」

她這陣子又是搬家又是比賽，本來就夠忙了。

現在比賽結束後還得做打版師工作，連個休息空檔都沒有。

惠太深深反省，自己身為同僚，應該要多關心她才對。

「嗯嗯……………」

可能是聽到聲響，床上的瑠衣忽然微微扭動身軀。

動著動著，身上的棉被便被拉開，讓她身上的睡衣首次亮相，此時睡美人的雙眼微微睜開。

「嗨，浜崎同學早。」

「嗯……？奇怪……？浦島？」

在她認知到對方的一瞬間，便從昏睡狀態一口氣驚醒，並快速彈起上半身。

「咦？等等……為什麼浦島會在這!?」

「我聽說浜崎同學請假，就來探病了。」

「探病……你怎麼打開大門的？」

「大門沒鎖，妳也太不小心了。」

「你這是非法入侵嘛……」

「嗯，不過我擔心浜崎同學。」

「……這樣啊。」

「我買了這個，妳喝吧。」

「謝謝……」

惠太將運動飲料倒入紙杯遞給瑠衣，她接下後小口啜飲。

「妳身體好像很不舒服。」

「我沒事啦。雖然稍微有點發燒，但只是普通感冒。」

「有跟家人聯絡嗎？」

「……沒有。」

「為什麼？」

「是我自己任性離開家裡，哪可能依賴他們。」

「我覺得這種時候稍微撒點嬌也好。」

「不要。」

「還不要咧……」

她連說話方式都變得像是孩子。

若是她這時還別過頭去，那就真的像個小孩在鬧脾氣。

「那麼，在痊癒之前就由我來照顧妳吧。」

「我沒事不需要照顧，你回去啦。」

「妳再拖下去會出事的。而且就工作排程來說，妳不早點治好我也很傷腦筋。」

「嗚……」

「我並沒有責怪妳喔？只是希望妳現在別管工作專心養病。」

「……好啦。」

眼前同學老老實實地點頭答應。

正如惠太所料，一拿工作當理由她就乖了。

「浜崎同學，妳有吃藥嗎？」

「……沒有。我沒去醫院。」

「那我先拿家裡的常備藥過來……在吃藥前得先吃點東西才行。我只會做簡單的東西，粥跟烏龍麵，妳要吃哪個？」

「……烏龍麵。」

「嗯，瞭解。我借一下廚房。」

惠太不擅長料理，但還是會煮些簡單的東西。

材料已經去超市買完，他將剛買好的長蔥跟雞蛋放進鍋裡慢慢熬煮。

大概三十分鐘後，時間到了下午五點。

瑠衣在房間矮桌吃完飯，一臉滿足地放下免洗筷。

「謝謝招待。」

「嗯，幸好妳還有食慾吃完。」

惠太原本擔心她吃不下，不過瑠衣似乎從一早就沒進食，所以三兩下就把惠太煮的烏龍麵吃光。

用完餐、吃完藥後，事情姑且告一段落。

所幸她還有食慾，只要攝取營養，接著等藥見效應該會舒服不少。

她再次躺回床上，無事可做的惠太便問道：

「浜崎同學，有其他事希望我做的嗎？」

「……有是有。」

「哦，是什麼？」

「這有點難開口……」

「別客氣，有什麼要求就直說。」

「那……能幫我擦背上的汗嗎……」

「咦？」

「我沒洗澡，身體黏黏的。」

「啊啊，這樣啊。說得也對。」

她發燒沒力氣洗澡。

流了一身汗全身黏答答的，對女生應該相當難受

「知道了。妳等一下，我馬上去準備。」

「……嗯。」

惠太暫時離開房間。

走向浴室，用臉盆裝了熱水後回到房間。

接著他要瑠衣脫去衣服，然後拿擰乾的毛巾坐在床上，此時瑠衣背對惠太冷冷地說：「要是敢看前面，我就捏爛你。」

「捏爛哪——算了，妳還是別說。」

總覺得深究下去會自取滅亡，於是就此打住。

「別廢話了，快點啦。」

「是是。」

現在瑠衣上半身是裸體。

要是身體著涼那可就得不償失了，惠太趕緊拿毛巾擦拭背部，她便愉悅地「哈……」了一聲。

「……好舒服。」

「那就好。」

這直率的反應令惠太莞爾一笑，他繼續溫柔地擦背。

「浜崎同學的膚色，不是晒黑的吧？」

「啊——嗯。這是天生的。我爸爸也一樣，我們家族幾乎都是這個膚色，當然媽媽不同就是了。」

「哦——」

「……是說啊？浦島，感覺你好熟練啊。一般男生在這狀況下應該會感到害羞吧？」

「因為我工作時看慣女生肌膚了。」

過去曾拜託堂姊妹和兒時玩伴試穿內衣無數次，最近甚至還看到同學跟學妹穿內衣的模樣。

要是看到異性肌膚就亂了分寸，那還怎麼當內衣設計師。

「不過，要說完全沒有臉紅心跳那是騙人的。」

「是喔——？」

瑠衣面向前方嘟囔。

雖然無法看到表情，但她散發出的氛圍似乎柔和不少。

「其實我以為浦島你很濫交。」

「妳沒事突然說這什麼話啊。」

「因為你總是跟女生在一起啊？那三個人不只長得可愛，還全都是 RYUGU 的模特兒，我以為你是想在公司開後宮。」

「原來妳是這樣看我啊？」

「老實說，我一直在防著你。」

「如果妳以為我會找機會推倒妳，也難怪會有所警戒。」

確實惠太身邊充滿了可愛女生。

澪被譽為高不可攀的美少女。

絢花是外型出眾的讀者模特兒。

雪菜甚至還是個現役藝人。

一個男生在學校被多數女生服侍著，從第三者角度來看，會覺得對方輕浮放蕩也是無可厚非。

「我轉學前是讀女校，大家都說要小心這一類男人。」

「不愧是大小姐學校……」

「不過我看到今天的浦島就安心了。就算眼前有個虛弱的獵物，你豈止沒有硬是推倒，反而照顧起對方，這種人才不會是大野狼。」

「能解開妳的誤會真是太好了——前面妳就自己擦吧。」

「嗯，謝謝。」

擦拭背部的任務就此告終。

惠太將毛巾遞給她後下床，並在瑠衣擦拭身體時背向她。

「……那個，浦島？」

「嗯？」

「抱歉，給你添了麻煩。」

「什麼添麻煩？」

「你拜託我做的樣品都沒做完，還搞壞身體拜託你照顧，我這個打版師連健康管理都做不好，根本就是累贅。」

「浜崎同學……」

雙方都背向彼此，惠太無法得知她現在露出何種表情。

但能感到她似乎很沮喪。

「我不覺得妳添了麻煩。浜崎同學已經是我的重要同伴了。」

「同伴……」

「而且我也有責任，我都察覺到妳在勉強自己了，卻沒有阻止。工作排程沒問題的，況且水野同學也很擔心妳，今天先好好休息吧。」

「……嗯……謝謝。」

沒一會功夫，瑠衣就擦完身體。

惠太趁她換上乾淨睡衣，把臉盆放回浴室，並將剛才用過的餐具洗好後再回房，此時瑠衣已躺回床上。

她看到惠太坐在床旁，便一臉不可思議地對他說：

「浦島，你還不回去嗎？」

「我怕妳一個人會寂寞。」

「我才沒有寂寞……」

「總之，我就待到浜崎同學睡著為止吧。」

「會傳染給你喔？」

「別擔心。我其實還挺健康的。」

「明明有戴眼鏡？」

「這跟眼鏡無關吧。」

惠太的回答似乎戳中笑點，瑠衣呵呵地笑著。

「……其實我在 MATiC 遲遲無法做出成果，總是感到焦慮。」

「咦？」

「要有實力才能成為設計師，我挑戰過好幾次公司內的設計比賽，過關的卻只有三件作品……可是相傳競爭對手RYUGU的設計師，卻是一個人負責設計所有內衣啊？我感到非常不甘心，莫名其妙燃起了競爭心理，那時我正好看到雪菜的宣傳推特……結果一回神，我已經轉到現在這所學校了。」

「妳的行動力是這麼來的啊。」

無法實現心中描繪的理想而焦慮不安，這心情惠太感同身受。

他也明白實力與理想有落差是多麼令人懊悔的事。

所以瑠衣在加入RYUGU後，才會硬逼著自己拼命工作。

「我是真心想贏得那場比賽。我本來想憑實力贏過浦島，讓你加入MATiC……」

比賽是以惠太勝利告終。

正因為她用盡全力面對比賽，才會如此不甘心。

「看到你的設計時我就明白了。爸爸說得對，我實力還不夠。所以我覺得這樣的結局也好。我要在RYUGU學習，總有一天超越浦島，成為MATiC的主力設計師。」

「……這樣啊。」

想成為MATiC的設計師。

就如同惠太那「想用內衣讓女孩子綻放笑容」的夢想，她也有絕對要實現的夢想。

「其實就我來說，心情有點複雜。」

「嗯？為什麼？」

「浜崎同學還有很多成長空間，我希望妳一輩子待在我們這邊。」

「……咦？」

霎時間，瑠衣口中發出了驚呆的聲音。

原本因發燒變燙的臉頰，也因為某種原因變得更紅。

「你、你突然間說什麼啊!?」

「嗯？我說了什麼奇怪的話嗎？」

「你說什麼一輩子……聽、聽起來不就像是那個嗎……？」

「哪個……？我不太明白妳的意思，我是指浜崎同學是個技術很好的打版師，所以希望妳能一直待在 RYUGU 喔？」

「啊啊，原來……嚇死我了……」

「還好嗎？要不要喝水？」

「不要……」

她不愉快地轉過身說。

惠太有點搞不清楚狀況，只知道似乎是自己某句發言點燃她的怒火。

「憧憬的設計師，沒想到是這麼一個神經大條的傢伙。」
「我有點搞不太懂，要是破壞妳的夢想的話那對不起。」
「……不過，幸好你是個比我想像中還要更好的人。」
「咦？」
「謝謝你來探病。」
她小聲碎念完，就沒再說任何一句話。
沒多久，傳來了規律的呼吸聲。
「睡著了啊。」
看來藥生效了。
她臉色變得不錯，應該很快就會康復。
「好了。」
惠太心想，畢竟害她勉強自己工作，乾脆幫忙做點家事再離開，於是他走出房間。
「積了不少衣服要洗，順便連內褲也一起洗吧。」
衣服用洗衣機洗也沒問題，但內衣基本上用手洗比較好。
惠太基於百分之百的善意，一臉得意地進到更衣室開啟洗衣機，接著用心手洗瑠衣的內衣後，把內衣和衣服一起拿進浴室開啟烘乾機。

他還特地留下『內衣我有溫柔地用手洗過♡』的字條，來告訴對方自己有把內衣跟衣服分開清洗——

想也知道，隔天浜崎同學在浴室發現自己的內衣，忍不住面紅耳赤地大發雷霆。

◇

後來多虧瑠衣回歸工作崗位奮鬥，所有內衣樣品都勉強趕在六月中的期限做完。

這個夏天，RYUGU 發表的新作有四種。

為了進行最終檢驗，惠太拜託了所有模特兒進行試穿——

「多麼美好的景象……」

身穿制服的惠太所見到的，是這世上絕無僅有的美景。

平日放學後，四名身穿耀眼內衣的女生，在惠太房間兼工作室這個檢驗會場排成一列。

「被浦島同學看，果然會很害羞啊……」

「別擔心，今天的澪同學也很漂亮♪」

「北條學姊又用色色的眼神看著澪學姊……」

「是說，為什麼連我也……」

至今反應依舊羞澀的澪，身穿清純的藍色內衣。

絢花內衣是可愛的粉紅色，雪菜則是成熟的紫色。

而瑠衣穿著鮮豔的黃色內衣。

身穿五顏六色華美內衣的女生們齊聚一堂，這景色只能用壯觀來形容，可惜惠太實在沒空感動。

今天的目的不是舉辦選美大會，而是要進行樣品檢驗。

惠太集中精神選定的第一個目標，是為了湊人數硬被逼著試穿而心生不滿的浜崎瑠衣——

惠太走到她面前，鉅細靡遺地觀察她身上的內衣。

「哼姆……」

「幹、幹麼……？」

「沒有啦，我只是覺得，浜崎同學的屁股很不錯。」

「……蛤？」

「富有彈性，大小也無可挑剔，最重要的是形狀非常棒。胸部是小了點，不過是很棒的美乳——嗯，跟我想得一樣，妳的身材真不錯♪」

「變、變態……」

浜崎同學打從一開始就微微泛紅的臉蛋，現在變整個通紅。

她害羞地用雙手遮住屁股的姿勢也很可愛。

「內衣似乎沒有問題。」

這次是第一次看到瑠衣穿上成套內衣的模樣，顏色鮮豔的內衣，與她褐色的肌膚非常相襯。

「噯，惠太學長？那我如何呢？」

「小雪當然也是最棒的。可能找不到比妳更合身的人了。」

「哼哼♪能看到我這副模樣的男生，可是只有惠太學長你呢？」

今天雪菜的G罩杯也是狀況絕佳。

不只飽滿，還充滿彈性，這不輸給重力的奇蹟胸部，洋溢著豐碩果實的魅力，更別提它不用擠，也能自然產生乳溝這點有多麼出色。

這位學妹穿上成熟內衣竟然能如此合身，這讓惠太不禁想為她的可能性乾杯。

「老實不客氣的說，穿著內衣的絢花根本就是天使。」

「可愛嗎？」

「超級可愛。」

「呵呵，聽起來還不壞。」

有著惹人憐愛的B罩杯胸部的絢花莞爾一笑。

包覆住她那靦腆胸部的胸罩搭配上內褲，那可愛程度簡直超乎想像，身為設計師，看了實在是無比感動。

最後惠太向害羞地站在角落的澪搭話。

「水野同學也非常出色喔。」

「謝、謝謝。」

她有著不輸給職業模特兒的完美身材。

明明纖瘦，卻有著意外豐滿的D罩杯，她那充滿魅力的身材與內衣相輔相成，使可愛與成熟同時融合在這件藍色內衣上，讓實物看起來更加迷人。

「那個……浦島同學的新作也很棒。」

「謝謝誇獎。」

被實際試穿的女生這麼說，實在令人感到開心。

惠太回應一臉害羞的澪，接著將視線轉向另一位同學。

「浜崎同學也是，謝謝妳。」

「咦？」

「多虧浜崎同學幫忙，夏季新作才能做得如此完美。」

「是、是嗎？」

「嗯，浜崎同學果然很厲害啊。」

「……這、這點小事才不算什麼呢。」

瑠衣滿不在乎地別過頭說。

「啊，浜崎學姊害羞了。」

「哎呀，真的耶。」

「我、我才沒害羞！」

瑠衣被雪菜和絢花嘲弄，便拼命否定。

惠太看著三人的互動不覺微笑，此時站在一旁的澪向他搭話。

「新作能趕上真是太好了呢。」

「是啊。」

「只是仔細想想，應該不需要同時讓所有人試穿吧？」

「大家一起試穿有點像開後宮，比較有賺到的感覺。」

「哼——？浦島同學還是一如往常地變態呢。」

「不，這當然是開玩笑的啊？真的純粹是一個個檢驗太花時間而已喔？」

話雖如此，惠太為這超乎想像的美妙景色深感興奮仍是事實。

未來應該是不會有機會同時找四位女性檢驗內衣，為了當作未來參考，早知道應該細細地享受她們穿內衣的模樣才對。

最重要的樣品檢驗完全沒問題。

在夏季正式開始前，終於完成了這項大工程。

◆

試穿會結束後，澪等四位女生在惠太房間更衣。
「真是的，浦島同學真的很變態……」
澪穿上制服襯衫，扣著扣子嘆氣。
「不過澪同學跟最初那時相比，似乎比較習慣穿內衣給人看了。」
「我一點都不想習慣就是了。」
澪當然還是有所抗拒。
只是被看過這麼多次，感覺似乎逐漸麻木……
正如絢花所說，自己確實慢慢習慣了，還真有點討厭。
此時，正在扣胸罩扣子遮住豐滿胸部的雪菜也加入對話。
「北條學姊是惠太學長的兒時玩伴對吧？惠太學長以前是怎樣的人？」
「這個嘛，惠太從小時候就是那樣了。開口閉口都是女生內褲。」
「原來從小就出現徵兆了……」
瑠衣聽了絢花爆料後一臉複雜地說。
「回想起來，浦島同學在第一次見面時就要求我穿他的內褲。」
「他則是要求我穿內衣露出女豹姿勢。」

澪和雪菜望向遠方，回想起這些過度慘烈的往事。

「我則是最近跟他進行取材約會時被要求看內褲。」

絢花用著閒話家常般的平淡口吻說。

「我是感冒睡著時被他手洗了內褲。」

「「咦……？」」

瑠衣這個告密瞬間讓現場氣氛凝結。

「我一醒來就看到浴室晒著內衣內褲，妳們試著想像一下，我看到字條上寫著『內衣我有溫柔地用手洗過♡』時的心情。」

「浦島同學……」

「這我實在無法幫他說話……」

「浜崎學姊好可憐……」

浦島惠太的變態行為永無止盡地增長。

在一個接著一個講述的體驗中，就屬瑠衣的特別勁爆。

穿過的內衣被男生手洗這種事，儘管發生在別人身上，但光是聽了也讓人如坐針氈。

「說來說去，還是會忍不住想幫他。」

「啊——我懂。惠太學長這人真的莫名其妙討厭不起來。」

「別看他那樣，其實還是很溫柔。」

「我倒是沒在乎那些……今天當模特兒，純粹是因為工作才勉強答應的……」

澪她們聊著聊著便換完衣服。

四人穿好制服，拿起各自包包離開房間，向在客廳等待的惠太打聲招呼後，就離開了浦島家。

「那麼先走了，我家在這。」

「原來浜崎學姊真的住在隔壁啊。」

一行人走出玄關，瑠衣便離隊回到隔壁自家。

而澪、絢花、雪菜三人穿過走道，坐上電梯。

下到一樓後離開公寓大廳。

「雖然現在才問這個有點晚，惠太學長為什麼想成為內衣設計師啊。」

「之前他說是因為喜歡女生內褲。」

「啊——這答案確實很有學長的風格……不過仔細想想，他就算到浜崎學姊的公司上班也能製作內衣啊？何必堅持要待在 RYUGU？」

「這樣講確實有道理。」

在 RYUGU 以外的地方照樣能做內衣。

這麼一來，或許他是有什麼理由才會執著於這個品牌。

（我記得浦島同學說過，如果他不繼承的話，RYUGU 好像就會消失……）

這方面的事我沒有詳細問過。

只知道 RYUGU 創始人，也就是他的父親出國工作時，曾經想收掉這間公司……

「絢花學姊有聽說過嗎？」

「這個嘛，我不是直接詢問本人得知的——總之，惠太他也經歷過不少事情。」

「不少事？」

「……」

澪一回問，絢花便露出寂寞的笑容含糊帶過。

「比起那種事，我更想知道澪同學跟雪菜同學喜歡哪種類型的女生。」

「這話題也跳得太遠了吧……？」

「就是啊。而且我才沒有什麼喜歡的女生類型。」

絢花似乎知道某些內情，但她並沒有說出惠太的祕密，三人話題開始轉為閒聊。

澪雖然在意，卻猶豫是否要深究，她總覺得那是外人不該干涉的事。

最後她決定放棄追問，開始漫無邊際地聊起女生話題。

就這麼，三人走了一段路後——

「……咦？」

澪忽然停下腳步，檢查自己的包包。

「澪學姊？怎麼了嗎？」

「我好像把手機忘在浦島同學房間了。」

「咦，那不就傷腦筋了。」

八成是在脫制服的時候忘記拿。

她記得自己有從包包裡拿出手機，卻不記得自己曾經把手機收回去。

「少了手機會很麻煩，我回去拿好了。妳們先回去吧。」

「那要在這裡說再見了。」

「澪學姊，明天見。」

和絢花、雪菜道別後，澪轉身走回去。

「——和大姊姊一起回家吧？」

「——我感受到人身危機，麻煩請離我遠點。」

背後似乎傳來這樣的對話，但現在還是忘在別人家的手機比較重要。

澪並不會三不五時玩起手機，可是打工地點偶爾會打電話聯絡，所以手機一離身她便會渾身不自在。

澪走向回頭路，再次朝惠太公寓前進。

她按了浦島家門鈴，應門的不是惠太，而是留著一頭紅色長馬尾的乙葉。

「咦，水野？怎麼了嗎？」

「我把手機忘在浦島同學房間了。」

「這樣啊，那妳直接進去拿就好。」

「謝謝。」

「不會──」

乙葉有氣無力地回應後，再次走回客廳。

澪脫了鞋，筆直走向惠太房間。

她小聲敲門，等了一會卻沒有回應，於是小心翼翼地打開房門。

「……浦島同學？」

一進房，她就理解為何沒人回應。

「睡著了……」

惠太坐在正對大電視的兩人用沙發上。

坐的位置正好在夕陽陰影下，整個背靠在沙發上墜入夢鄉。

「看來他是真的很累。」

眼鏡還戴著，可能原本沒打算睡著吧。

比賽結果出爐後，他還不斷調整設計提升新作品質，就算沒表露在臉上，肯定也累積了不少疲勞。

「這樣會把鏡框弄歪的。」

澪沒戴過眼鏡，只聽說過那東西其實很昂貴。

她實在於心不忍看惠太睡昏頭把眼鏡撞歪。

天生的節儉性格驅使澪靠近熟睡的惠太，用雙手將眼鏡取下。

「咦……？浦島同學拿下眼鏡後意外的……」

沒想到仍在睡夢中的他五官相當俊俏，讓澪有些訝異。

他在班上是個不起眼的男生，加上種種變態行為過度顯眼，所以澪現在才意識到，這麼一看，他其實還挺帥的。

不過澪其實也不太在乎這些事。

她把眼鏡放在電視和沙發中間的矮桌。

隨後，造訪這個房間的目標物映入眼簾。

「啊，原來放在這……」

澪的手機放在惠太坐的沙發座面和靠背的隙縫裡。

或許是在房間換衣服時，不經意放在這也說不定。

一直盯著人家睡臉看也不好，於是澪打算取回東西就離開，在她將手伸向手機時。

還沒摸到手機，一旁伸出的手，就將她手臂一把抓住。

「……咦？」

她來不及反應，就硬是被拉過去抱住。

那擁抱的力量還強到無法掙脫。

澪纖瘦的身體完全被他抱入懷裡，全身感受到的異性體溫，令她心如鹿撞。

「浦、浦島同學……!?你做什麼——!?」

自己不知為何被男同學抱住——

這突發狀況使她心生動搖，無法正常思考。

（沒想到浦島同學，真的變大野狼了!?）

之前真凜曾說過『男人全都是大野狼』，這個論點似乎沒說錯。沒想到惠太在四下無人時，會做出如此大膽的舉動。

就在她如此心想時，對方擁抱的力道又變得更強。

「咿嗚!?你、你再這麼做我會生氣喔!?」

澪的工作不過是協助製作內衣的模特兒。

即使給他看到穿內衣的模樣，也沒打算把身體交由對方任意擺布。

澪用力掙扎，就在快把對方身體推開時——她終於察覺異狀。

「……咦？」

他哭了。

這名依舊遨遊夢鄉的男生，眼睛閉上溢出熱淚，沾濕澪的上衣。

「媽媽………」

「媽媽……？」

他似乎是做夢了。

而他母親似乎出現在夢裡，看他那苦悶的睡臉，似乎不是做了愉快的夢……

「真是的……真拿你沒辦法……」

澪放棄掙扎，接受對方的擁抱，並用手環住他的背。

她溫柔地抱住睡著的惠太後，不斷撫摸對方背部，彷彿是在安撫鬧脾氣的嬰兒。

◇

「──嗯？」

惠太一覺醒來，便發現自己在房間沙發上。

他維持躺姿環顧，看到夕陽光線微微照進房間，便明白自己沒睡多久。

更叫他在意的，是後腦杓所感受到，一股不太熟悉的柔嫩溫暖觸感──

「啊，你醒啦？」

「咦？誰!?」

惠太嚇得起身縮到沙發角落。

他瞇著眼仔細看，只知道沙發上坐了一個人影，可惜視力弱到看不出這人是誰。

「啊，你裸視看不見啊。來，你的眼鏡。」

「啊，謝謝。」

他戴上神祕人物給的眼鏡。

沒想到，這人竟然是剛才先回家的水野澪。

「為什麼水野同學會在這？難道說……我剛才躺的是妳的大腿？」

對惠太來說目前發生的狀況，就是一醒來發現應該回去的澪竟然出現在房間，而且自己還躺在她大腿上爆睡了一覺。

「我回來拿忘記的手機。然後看到浦島同學睡著了。」

「所以妳就借我大腿躺……？為什麼？」

「我都借你腿躺了，你是有什麼不滿嗎？」

「與其說是不滿，不如說是因這個預料外的福利而困惑……我不明白水野同學這麼做的意圖，無法坦率感到開心。」

「其實也沒什麼意圖。老實說，我也不清楚自己為什麼會這麼做……我只是覺得，不能放著浦島同學一個人……」

澪的表情顯得有些陰鬱。

照她的個性，是不可能毫無意義讓異性躺大腿。

而且印象中，自己好像做了一場非常難過的夢……

「……難道，我有說什麼夢話嗎？」

「你哭著叫媽媽。」

「真的假的？嗚哇……這有夠丟臉……」

「那個，浦島同學的媽媽……」

「這個嘛，妳會在意也很正常。」

「若是不想說，我就不問了。」

「不，沒關係。反正總有一天會傳入妳耳中。」

惠太並沒有刻意隱瞞。

絢花這個兒時玩伴也知道，只要澪持續協助他製作內衣，總有一天他也會主動開口。

「我媽媽在三年前，我升上國二時去世了。她突然病倒被送到醫院，住院治療了一陣子，就再也沒有回來。」

「原來……是這樣啊……」

「爸爸會出國工作也是這個原因。他太愛媽媽了。」

事情來得太過突然，爸爸肯定沒整理好心情。

爸爸本來就是個沉默寡言的人，儘管沒像惠太那樣嚎啕大哭，不過打從媽媽去世，他在家就幾乎沒有開過口。

「媽媽去世後不到一年，爸爸就想把 RYUGU 收掉，他說因為會忍不住想起媽媽。」

「所以浦島同學就接手了？」

「嗯。我懂爸爸的心情，但我不希望失去這個媽媽深愛的品牌。」

這就是惠太對 RYUGU 如此堅持的理由。

他希望自己代替父親，永遠守護這個過世母親喜歡的地方。

「我小時候跟媽媽約好，說總有一天要跟爸爸一樣成為內衣設計師，然後做一件可愛內衣給她。每當爸爸推出新作品，媽媽就會樂得像個小孩一般，我最喜歡她的笑容了。」

惠太決定成為內衣設計師的那天。

他在當時的自家客廳，和身穿內衣的媽媽訂下約定。

「結果，我沒辦法遵守這個約定……不過若是我能讓很多女生綻露笑容，媽媽一定會很開心。」

「所以池澤小姐失蹤時，你才會那麼努力啊。」

前任打版師鬧失蹤，得知 RYUGU 可能會倒閉時，惠太為了尋找新的打版師而東奔西走。

甚至努力工作累到所有人一回家就直接睡著。

這一切，都是為了保護媽媽最愛的品牌。

「我還以為，浦島同學只是個滿腦子只想著內褲的變態。」

「這麼講也不算錯就是了。」

這點惠太無法否認。

因為他知道自己其實有點變態。

「附帶一提，我爸爸跟乙葉他們的父親是兄弟。我叔叔嬸嬸因為單身赴任住在其他地方，後來剛上大學的乙葉願意協助我，我們才搬到現在這個公寓。」

「哦──」

父親出國工作，現在和堂姊妹三人一起住在公寓，現在仔細想想，這一家還真是充滿戲劇性。

「這麼說來，浜崎同學的父親好像認識我爸。」

「咦?是這樣嗎?」

「浜崎同學似乎不知道就是了。浜崎同學的父親找我出來談時，難得聽到了母親的事，或許是這樣我才會做夢。」

夢的內容總是一樣。

在醫院白淨的病房，自己身穿制服去給媽媽探病。

她在病床上，抬起上半身笑著聽我說話，正因為明白這是夢境，才會感到如此悲傷。

即便如此，還真的是好久沒在睡夢中哭了……

「不過事情都過三年，我已經沒事了。」

惠太笑著說。

彷彿是想告訴對方自己看開了。

澪卻看透他虛假的笑容嘟囔說：

「怎麼可能會沒事……」

「水野同學……？」

「我之前說過，我也沒有母親。雖然跟浦島同學不同，她並沒有去世，而是在我小時候就離開家裡……我甚至連她長什麼樣子都快忘記，只記得她很溫柔。我一直告訴自己，她會離開也是沒辦法的事，但那不過是自欺欺人，我並不想與母親分開。與最喜歡的人分開，永遠無法見面，真的是非常悲傷的事。」

「……………」

「所以寂寞的時候，盡情哭出來沒關係。若你不嫌棄我的大腿，隨時都能借給你躺。」

眼前的她，眼中微微泛淚。

如果和喜歡的人分崩離析，永遠無法見面……

那會是一件十分寂寞、悲傷的事。

說到底的，要是真的看開，哪可能在睡夢中哭出來。

澪是想告訴惠太，不需要怕他人操心而把洩氣話藏在心中。

這樣的溫柔，令惠太心頭一熱。

「謝謝妳，水野同學。我覺得心裡輕鬆了一些。」

「我沒說什麼大不了的事……」

澪別開視線害羞地說。

「那麼，我差不多要回去了。」

正當澪說完，從沙發站起時。

「──咦？」

或許是大腿一直被人壓著，她忽然失去平衡，直接撲倒在身旁的惠太身上──

「呀!?」

「嗚哇!?」

砰的一聲，惠太的背部倒在沙發座面，看起來就像是被同年女生推倒在沙發上。

「對、對不起……我腳麻了……」
「不會……」
這太過突然的發展瞬間讓兩人靜了下來。
除了兩人緊貼彼此外，D罩杯胸部的觸感也讓惠太臉頰一瞬間火燙起來。
而她腳似乎還麻著，兩人只能維持這個無法動彈的膠著狀態——
此時，在兩人視線一隅的房門毫無預警地打開。
「……你們到底在做什麼？」
「乙葉!?」
來訪者是這個家事實上的主人——浦島乙葉。
這狀況純屬偶然，澪只是不小心跌倒罷了，兩人絕對沒做任何虧心事。
只可惜這狀況在第三者眼中，怎麼看都毫無疑問是正在做「那檔事」——
「啊……呃、那個，總之……」
目擊這尷尬現場的被害者，搔了搔臉頰，看向別處。
「我知道你們還年輕，不過姬咲在家，記得適可而止。」
「這是誤會！」
之後惠太和澪，向乙葉解釋兩人根本沒在交往，並鉅細靡遺地說明事情前因後果。

第五章　佐藤泉的憂鬱

七月上旬，星期一放學後。

惠太、澪、真凜和秋彥四人，聚集在體育館二樓的觀眾席。

今天女子排球社和其他學校進行練習比賽，真凜和澪便邀請男生一起幫忙加油打氣。

體育館全場沸騰，排球社相關人士待在一樓，而惠太他們這些觀眾則在二樓觀戰。

「泉可是我們學校排球社的王牌呢。」

「哦——」

身旁的澪告知了這個新情報。

「啊，是泉泉！」

「真的耶。」

望向真凜所指的地方，看到泉身穿制服站在排球場上，用力扣殺得分。

「哦——不愧是排球社。」

正如秋彥所述，她的動作俐落，真不愧是排球社王牌。

從踏步起跳、揮臂扣球，每一個動作都簡潔有力，讓人不禁看到出神。

「佐藤同學的氛圍跟平時完全不同呢。」

「好帥啊。」

「嗯。而且——」

惠太在比賽過程中，死盯著泉調整短褲的舉動。

「女生在調整內褲卡臀時的動作，該怎麼說，真是太棒了。」

「浦島同學無論何時都是浦島同學呢。」

「我希望無時無刻都展現出自己最真誠的一面。」

「就算你故意說得很帥依然很差勁啊。」

澪冷冷地看著她說，不過這種事他早就習以為常。

應該說這根本就是獎勵——他在心中想著如此低級的事，視線則看回球場上，又再次得到寶貴的一分，此時惠太發現泉似乎趁其他選手回到位置的期間，朝這看了一眼。

「……咦？」

與惠太眼神對上的瞬間，她瞬間別開視線。

「剛才佐藤同學的反應是怎麼回事啊？」

「應該是發現你用下流眼神看她吧？女生可是對男生的那種視線特別敏感。」

「真的假的。我以後會注意。」

作為一名紳士，得極力避免被女生討厭。

以後還是想辦法不被別人發現，小心謹慎地觀察好了。

◇

佐藤泉拜訪被服準備室時，已是隔天放學後的事了。

其他四人各自有其他安排，而惠太獨自在準備室進行作業時，聽到了小小的敲門聲，抬頭一看，身穿制服的泉畏畏縮縮地從門縫探出頭來。

「打、打擾了……」

「咦，佐藤同學？怎麼了嗎？」

惠太一問，她便關上房門說明來意。

「我有事想找浦島同學談……現在有空嗎？」

「當然沒問題。」

會拜訪此處，想必是關於內衣的煩惱。

惠太示意讓迷途羔羊坐正對位置，等她坐下後才切入正題。

「那麼，妳想談什麼事？」

「啊、嗯……那個啊？其實排球社的大賽近了，那是非常重要的比賽，我想以萬全狀態迎接挑戰。」

「嗯嗯。」

「所以我有想改善的地方。」

「想改善的地方？」

「浦島同學，你昨天有來看練習比賽對吧？」

「嗯，佐藤同學非常帥氣喔。」

「謝、謝謝……」

「不過，妳看起來狀況並沒有特別差啊。」

「想改善的不是球技方面的問題……該說是外在因素嗎……比賽中，內褲經常會卡進屁股……」

「哦？內褲會卡進屁股？」

多麼甜美的詞句。

內褲是包覆屁股的衣物，會陷進股溝之中也是在所難免的事，其實這個現象有其固有的名稱。

「也就是所謂的『ＰＫ』對吧。」

「ＰＫ？」

「就是指內褲卡進股溝的現象。取自於『內褲（Pants）』和卡臀（Kuikomi）的字首，簡稱ＰＫ。」

「好直覺呢。」

佐藤同學聽了這微妙的命名不禁苦笑。

不直接說「這名字好微妙」，正突顯出了她的溫柔之處。

「所以，佐藤同學正為ＰＫ所苦惱對吧。」

「嗯……比賽中得頻繁調整才行……」

「這麼說來，昨天的練習比賽也調整了好幾次呢。」

「不停調整除了麻煩，還會被很多人看到，其實讓我感到非常害羞……」

「這的確是運動少女常見的煩惱。」

應該說，這煩惱比想像中還要迫切。

（我個人是很喜歡調整內褲的動作啦……）

無論是泳衣。

還是運動服。

女生調整內褲的動作實在是獨具魅力。

但這純屬男生視角的見解。

就女生而言，大概不會有比ＰＫ更麻煩的事了。

「這果然，都是因為我屁股太大了……」

「我想跟屁股大小無關。ＰＫ是穿了尺寸不合的內褲才會發生的現象。排球是相當劇烈的運動，才更容易發生卡臀。」

「這有辦法解決嗎？」

「嗯——我想想……」

頻繁發生ＰＫ會影響到選手表現。

動不動就內褲卡臀，會使人難以集中在比賽上。

正因為泉平時就認真練習，才會希望以萬全的狀態面對比賽。

「能給我點時間嗎。我想個辦法來解決ＰＫ。」

「真的？」

「我身為內衣設計師，無法把內衣相關的煩惱放著不管。」

「浦島同學……」

泉感動得兩眼發亮。

「不過思考對策需要佐藤同學的協助。」

「當然可以。要做什麼你儘管講？」

「那麼首先，要請妳實際穿上比賽時用的制服。」

「……咦？」

惠太提出要求的瞬間，高眺少女臉上的笑容便煙消雲散。
十分鐘後，在房間外等待的惠太聽見「可、可以了喔……？」，便進入房間，裡頭的人，正是換好排球社制服的泉。
「哦哦……」
「有、有什麼奇怪的地方嗎……？」
「說實話，我只有太棒了這個感想。」
仔細一看，這個制服實在是非常出色。
強調身體線條的設計令人不禁想脫帽致敬，肌膚的露出度也無可挑剔。
對女體愛好者的惠太而言，能夠靠近欣賞她的手臂和美腿，簡直就是獎勵。
「話說回來，這雙腿的曲線美真的是十分出色。」
「嗚……真的好丟臉……」
害羞的佐藤同學也很棒。
惠太細細享受了同學的生澀反應後，終於回歸正題。
「不過浦島同學，我有必要穿成這樣嗎？」
「當然有。這是為了驗證對策所必須的前置動作。我必須檢查妳實際使用的制服才行。」

「原、原來如此……」

「所以，這絕不是因為我想看妳穿制服才要求這麼做的，請妳不要誤會。」

「沒問題。我相信浦島同學。」

「佐藤同學……」

老實說，這麼做就算被當成變態也是無可奈何，她卻對惠太展露出如花般開朗的笑容。

這對平常老被人冷眼相待的惠太來說，是十分新鮮的感受。

「那麼，我們馬上來進行檢查。」

「麻、麻煩你了。」

惠太繞到她身後，細細觀察屁股這個ＰＫ頻發地帶。

（嗯……她的臀部曲線還是那麼地出色……）

腰身到臀部的Ｓ字實在令人嘖嘖稱奇。

此時惠太身為內衣設計師的慧眼，察覺到一絲異常。

「佐藤同學，莫非你現在是穿的是四角褲型的內褲？」

「這樣也能看出來啊。穿普通內褲會看到內褲的線條，所以我穿制服時都會穿專用內衣。」

「原來已經穿專用內衣了嗎。」

四角褲型內褲。

簡單來說，就是和制服短褲形狀幾乎相同的內褲。

由於形狀相近，所以能防止內衣線條浮現，是相當優秀的內衣。

「運動用內衣彈性比較好，這選擇確實不錯。」

「不過穿這件雖然解決了會看見內衣線條的問題，卻使得卡臀次數變多了……」

「嗯……有一好沒兩好啊……」

運動用服裝重視的是方便活動以及透氣性。

制服選用的布料較為單薄，穿普通內褲就會微微看到內衣線條。

所以泉憑藉穿運動內衣來解決，卻又出現了頻繁發生ＰＫ的難題。

只能說有優點自然也會有缺點。

「佐藤同學。」

「什麼事？」

「我能摸摸看佐藤同學的屁股嗎？」

「當然不行啊!?」

「果然不行啊——」

「應該說，為什麼你認為我會答應？」

「我沒有別的意思，只是穿著短褲實在不清楚內褲的實際狀況，所以想用摸的來確認一下。」

「原、原來如此……我明白你的用意了，只不過摸屁股實在有點……」

「我想也是。」

泉果然無法允許任意檢查她的屁股。

可惜歸可惜，但現在只能思考其他辦法了。

「我需要更多關於ＰＫ的資料，還是去拜託她好了。」

◇

隔天放學後，惠太和澪來到鄰近學校的市民體育館，而絢花也在場。

惠太和澪身穿高中運動服，不過絢花卻穿著類似泉用的排球制服，她那頭金色長髮纏成馬尾，散發出與平時不同的可愛氛圍。

「所以呢，有什麼事找我出來？」

「這次為了要進行重現實驗。」

「重現實驗？」

「這次要做的是能夠對應ＰＫ的內褲，光聽佐藤同學敘述實在無法湊齊所需資料。為防萬一，我還需要檢查屁股較小的女生是否會發生卡臀。」

「我這輩子還是第一次聽說過這種實驗……」

絢花聽完說明不禁嘆氣。

「……不過這畢竟是惠太的請託，我也只能答應了。」

「說來說去，絢花學姊還是很寵浦島同學。」

正如澪所述，這個兒時玩伴抱怨歸抱怨，最後還是穿上制服，未免也太乖。

「澪同學還不是一樣。」

「泉是我朋友。我當然願意幫忙。」

這次要求澪幫忙，她二話不說就答應了。

實驗最少也要三個人才能進行，她們願意點頭實在感激不盡。

「是說學姊，妳竟然有排球用的制服啊。」

「這是之前攝影工作用到的。」

「看起來很帥氣呢。」

「是、是嗎……呵呵♪」

絢花被澪稱讚便一臉開心。

她手放在羞紅的雙頰上，完全就像是女生被心儀男生稱讚時的舉動。

「所以，我需要做些什麼？」

「那麼，就先拜託妳激烈地運動來引發ＰＫ。」

「我必須說，這實驗真的很差勁。」

就這麼，一行人開始了重現實驗。

惠太負責拿著自己手機攝影。

澪負責扣球，絢花則開始了接球練習——

「啊♡那邊不行♡那邊很弱♡」

實驗剛開始就立刻發生問題。

簡單來說，就是絢花接了澪的扣球，便發出了不剪片便無法播出的性感聲音。

「這麼做、會變得好奇怪！我被澪弄到快要發瘋了——♡」

金髮少女說著神祕臺詞，左右踏步接住澪扣出的球。

「啊啊嗯♡這樣不行♡連續猛烈進攻會受不了♡人、人家已經不行了——♡」

「絢花學姊，拜託不要發出怪聲。」

澪冷冷地禁止她發出嬌喘，並繼續進行接球練習。

「欸、我說……？這要持續到什麼時候？我體力快要見底了……」

絢花並不擅長運動。

接了十分鐘的球，她的神情開始疲倦，原本色色的聲音也徹底消失。

理所當然地，經過一番激烈運動後，身上穿的內褲自然卡進股溝——

「ＯＫ了！接著麻煩絢花調整卡臀的內褲～」

「惠太這個大笨蛋……」

最後，終於成功拍到了絢花調整卡臀的瞬間。

惠太拍到珍貴畫面，便收起手機拍手，而絢花一臉不情願地皺眉瞪向他。

「被可愛女生冷眼看待，感覺有點興奮啊。」

「啊，完了。今天的惠太是糟糕惠太。」

在此說明一下。

惠太有時會變成糟糕惠太。

這時的他會拋棄羞恥心，無視他人眼光，化身成一名為達成目的不擇手段的無敵變態設計師。

「無論如何，多虧絢花讓我得到了寶貴的實驗資料。果然屁股小的女生也會發生ＰＫ啊。」

「這證明了卡臀與屁股大小無關呢。」

「這個實驗也未免太蠢了……」

以絢花微乎其微的體力作為交換，得到了重要的實驗資料。

惠太拿起事前準備的運動飲料，靠近可愛的兒時玩伴。

「絢花，辛苦妳了。」

「啊、等等!?」

絢花發現對方靠近，慌慌張張地說。

「你、你先不要靠近我……」

「咦？為什麼？」

「……」

惠太反射性回問，兒時玩伴卻不知為何一臉不悅。

她頭轉向另一側，雙頰泛紅，害羞地嘟囔「笨蛋……」。

「我剛才運動過，那個……你、你應該懂吧……？」

「啊啊，對喔……抱歉……」

看著學姊面紅耳赤，他才終於想到原因。

因為在意汗味而拉開距離的舉動，有如戀愛中的少女般羞澀，使惠太不禁臉紅心跳起來。

「浦島同學真的很不體貼耶。」

「真是抱歉。」

要瞭解女生想法比想像中還要難。

惠太擅長推估女生罩杯尺寸，卻總是無法理解女人心。

惠太坐在自家公寓的客廳沙發上，看著打橫的手機，此時身穿輕便居家服的姬咲過來說：

「哥哥，現在浴室沒人。」

「好——」

「咦，你在看什麼？」

「正在做點研究。」

「研究？」

姬咲歪頭坐在惠太身旁。

剛洗好澡，放下頭髮的她看向手機畫面。

「嗚哇……哥哥竟然死盯著排球選手的屁股看……」

「妳可不要誤會。是班上同學找我商量，我才會研究內褲。」

「研究？」

「她想改善比賽中內褲卡臀的問題。」

「啊——你是指ＰＫ對吧。」

姬咲瞭解情況後繼續說。

「雖然不是內褲，但穿泳衣時卡臀也會讓人特別在意。」

「說起來，我以前曾經仔細觀察過女生調整學校泳裝卡臀的動作。」

「真虧哥哥沒被女生抓出來公審。」

「我很擅長神不知鬼不覺地偷看。」

由於工作，惠太從以前就將觀察女體當作畢生志業。

只是看得太過明顯肯定會被女生白眼。

為了默默觀察女生，偷看技能可說是他必須學會的能力。

「不過哥哥，又有女生找你商量啊。你之前才做完工作，會不會太累啊。」

「別人特地跑來拜託我嘛。我在學校看過她打練習比賽，感覺她平時就非常努力練習，讓我忍不住想支持她。」

「真像是哥哥會做的事。」

姬咲溫柔微笑。

她的笑容成熟到不像國中生，看起來還有點開心。

「所以你才在看排球比賽啊。」

「是啊。」

「……咦？」

「嗯？怎麼了？」

「啊，嗯……有一個人從剛才卻動個不停，卻從來沒有調整過褲子，才讓我有點在意。」

「咦？哪個？」

「這個，綁頭髮的選手。」

「……真的耶。」

根據影片留言所述，這人似乎是隊伍的王牌。

她和泉一樣是打主攻手這個位置，也就是專司得分。

球最常傳到她那邊，也打過最多次扣殺，運動量應該相當驚人才對——

然而，她看起來似乎完全不在意內褲卡臀。

惠太倒回重看一遍，她果然從來沒有調整過內褲。

「哼姆……」

她身上或許有著消滅ＰＫ的重大提示——

惠太如此感受到，於是繼續神情嚴肅地觀看比賽影片。

◇

隔天，高中被服準備室裡，出現了一對男女。

惠太和澪兩人，坐在比鄰擺放的椅子上。

「我昨天看影片發現，職業運動選手的內衣線條完全不會透出來。」

「真的耶。」

「我猜大家應該都是穿四角褲型的內褲。」

「那不就跟泉穿的一樣嗎？」

「嗯，那種內褲會包覆整個屁股，就跟短褲一樣。」

四角褲的面積幾乎和制服短褲相同。

所以不會透出內衣線條。

「然後，我觀察選手調整內褲卡臀的動作時，發現有一個人比賽中從沒調整過內褲。」

「有沒有可能只是正好沒發生？」

「我也是這樣想，所以看了有那選手出現的其他比賽影片，結果都一樣。令人吃驚的是，她從來沒有發生過ＰＫ。」

「那真是不可思議。」

「就算是穿四角褲，動得那麼激烈也不可能完全不發生ＰＫ。我猜她穿的應該是不會發生ＰＫ，也不會顯露內褲線條的內衣。」

「竟然有這種魔法般的道具……」

ＰＫ乃是女性公敵。

內褲卡臀是極其可憎的物理現象。

然而惠太敢肯定，有一種夢幻內衣，能夠完全迴避這個無法避免的現象。

「我有點在意就去查了一下，看來是有部分選手使用了特殊的內衣。」

「所以是四角褲以外的類型？」

「嗯。不過我對那方面不太清楚。因為RYUGU沒有生產運動內衣。」

「那麼，得從頭開始製作？」

「不，這樣會趕不上比賽，這次我就詢問專家意見吧。」

「專家？」

「術業有專攻嘛。」

說到有內衣專家的店那肯定就是——

「今天，我們去內衣專賣店吧。」

◆

位於車站附近的內衣專賣店『ARIA』。

也就是以前，澪盯著RYUGU內衣看的那間店。

店門口櫥窗裡的模特兒衣架上，放著澪系列一號作品的水藍色內衣，澪瞥了一眼，便隨著開門的惠太走進店裡。

「歡迎光臨～」

迎接他們的是無數的鮮豔內衣，和一位年輕女性店員。

這人外觀看似二十歲，是一位留著柔亮長髮的女性，她身上穿的白色上衣和長裙散發出清純氣息，即使是同為女性的澪，也不禁讚嘆她的美貌。

「哎呀，我還以為是誰呢，原來是惠太啊。」

「椿小姐，好久不見了。」

惠太與黑髮店員打招呼。

「浦島同學，你們認識啊？」

「這間店有在賣 RYUGU 的內衣。我偶爾也會來看看。」

「哦——」

「椿小姐，她是我和我同班的水野同學。目前擔任 RYUGU 的模特兒。」

「哎呀，是這樣啊。」

黑髮女店員看向澪。

「初次見面。我是瀨戶椿。如你所見，是一名內衣商店店員。」

「瀨戶……？」

「椿小姐是秋彥的姊姊。」

「呵呵，我是他二姊♪」

「啊啊，她就是傳說中的……」

相傳瀨戶家有三姊妹。

其中一位正是眼前的黑髮美女。

「椿小姐跟乙葉是讀同一所大學的同學。」

「是這樣啊。」

換言之，椿現在是大學三年級。

與幼兒體型的乙葉不同，看她擁有與女大學生相符的成熟容貌，讓澪莫名感到安心。

說起來，以前惠太曾用『要命』來評價瀨戶家三姊妹——

（這麼漂亮的人，是怎麼個要命法。）

要命的應該只有她的美麗容貌，除此之外澪並沒有觀察到其他不對勁的地方。

「對了惠太，我聽柊奈子說了喔？你拿到雜誌設計比賽的準優勝啊。」

「這都是托大家的福。」

「柊奈子還說，下次想以時尚雜誌企劃名義採訪 RYUGU 呢。」

「那當然沒問題。正好能拿來做宣傳。」

瀨戶家長女，柊奈子是時尚雜誌編輯。

只要刊登惠太的採訪報導，應該能提升內衣銷售量。

「那麼今天來這有什麼要事呢？如果是想找能迷倒男生的內衣，就請包在我身

上！」

「咦……？」

椿整個人靠過來，澪不由自主看向她的臉。

笑容。

無可挑剔的完美笑容。

椿用這不禁讓人看到入迷的微笑，說出了以下的神祕臺詞：

「嗚呼呼，男人終究只是禽獸。小澪這麼可愛，只要穿上決勝內衣勾引對方，肯定手到擒來♪」

「直接叫小澪了!?那、那個……椿小姐？」

「來，和我一起挑選能迷得對方神魂顛倒的內衣吧！然後順從慾望去勾引那些年幼無知的男生！不需要感到羞恥喔？內衣可是女人的戰鬥服呢！」

「不，那個……」

「那麼，妳喜歡這種的嗎？」

「等等!?這是什麼，根本看得一清二楚嘛!?」

椿不知從哪拿出一件性感過頭的內衣。

材質整個透光，這挑戰精神未免太過旺盛。

「我怎麼可能穿這種東西！」

「咦——？那這件呢？」

「這件完全沒有滿足內衣應有的功能啊!?」

椿這次拿出來的，就只是條繩子。

壓根沒打算遮住重要部位。

「這間店，竟然有賣這種商品啊……」

「順便一提，今天我的內褲是性感的黑色喔♡呀♡」

「為什麼能笑得這麼開心啊……」

「妳可別被她的外觀騙了。椿小姐可是個發現中意男生，就會想將對方調教成符合自己喜好來取樂的虐待狂。」

「欸欸欸……」

「人家，最喜歡讓稚氣未脫的男生染上我的顏色了♡」

「竟然還不否定……」

簡而言之，瀨戶椿就是個重度虐待狂。

她外表看似清純，骨子裡卻是個以調教男性為樂的女王。

「我終於明白浦島同學說的要命是什麼意思了。」

「懂了吧？」

「瀨戶同學真的很辛苦。」

換做是自己家裡有這種人，澪或許會考慮與家人斷絕關係。

更何況，如此要命的姊姊除了她外居然還有兩人，實在太恐怖了。

「浦島同學，這個店員真的沒問題嗎？」

「沒問題。如果我是製作內衣的專家，那麼椿小姐就是販賣內衣的專家。」

「我只是打工人員就是了。不過我有學習相關知識。」

「內衣這種穿在身上的東西，果然還是去專賣店，找知識豐富的店員介紹才安心。」

「現在這年代能靠網購買內衣，但內衣專賣店的必要性依舊沒變。內衣還是去店裡，找店員商量購買才是最好的。」

「啊啊，這個我懂。」

澪以前就因為搞錯罩杯，買成小號的內衣。

這是因為她沒有內衣知識，卻又在網購買內衣。

假如她是去專賣店買，應該就不會發生這種事。

「我不是說網購不好。如果明白自己內衣的尺寸，那在網購上買當然輕鬆方便。只不過，即使罩杯大小相同，也會因品牌產生些微的尺寸差異，所以購買前最好還是在店裡先試穿過。」

「受教了。」

椿教導了澪內衣專賣店的重要性後，重新開始接待客人。
「如果今天來的目的不是為了決勝內衣，那是想找什麼呢？」
「今天來是有事想找椿小姐商量。」
「商量？」
「其實有個排球社的女生，想找運動時不會卡臀的內褲──」
惠太說明事件原委。
「原來如此……四角褲確實是有效，可惜無法保證絕對不會卡臀。」
「這就是ＰＫ的可怕之處。」
只要活動就無法避免內衣布料走位。
像這種物理法則，就算想靠設計去彌補也相當有限。
「既然如此，解決辦法應該只剩下那個了。」
「椿小姐也是這麼想嗎？」
「是啊。我立刻去拿，還請稍待片刻。」
椿說完便走進店裡。
沒多久，她拿了一件內褲回來。
「只要穿這件內褲，就絕對不會發生ＰＫ。」
「這、這是……!?」

澪看到內褲的瞬間就敢肯定。

這件內褲絕對不可能會發生ＰＫ。

同時，心中也糾葛萬分。

她究竟該不該向朋友推薦這件內褲。

「浦島同學……你真的要推薦泉穿這件嗎？」

「根據我的推測，佐藤同學一定會喜歡。」

「算了，如果泉答應的話我也無法說什麼……」

換做是自己絕對不會穿就是了──

澪心想，卻無法說出口，只能將真心話默默藏在Ｄ罩杯胸部底下。

◇

「好了，這個就是不會發生ＰＫ的魔法內褲。」

隔天放學後，惠太將委託人找來被服準備室，向她展示在內衣專賣店找到的道具。

惠太輕輕把內褲放在桌上，讓相對而坐的泉清楚看見，不過她一看見，臉上卻浮現極度困惑的表情──

「浦、浦島同學……？」

「怎麼了？」

「這個，不就是所謂的丁字褲嗎？」

「哎呀，佐藤同學也知道啊。」

丁字褲。

眾所周知，這種內褲的布料面積異常地少。

而正如其名，內褲後面部分呈現出丁字，其構造與其說是包覆屁股，更像是只以最低限度遮住重要部位。

附帶一提，這次惠太準備的是運動用的丁字褲，其彈性和透氣性都是一等一。

「我知道有這種內褲，高中生穿這個會不會太過頭啊……」

「畢竟丁字褲的暴露程度非比尋常嘛。」

姑且不論前面，後面基本上就是條繩子。

對於沒穿過丁字褲的女生來說，要踏出這一步確實需要勇氣。

「但如果是穿丁字褲的話，就不必擔心包覆屁股的布料陷進股溝，也不必擔心內衣線條被看到喔？」

「是這樣沒錯啦……」

其實穿丁字褲有許多好處。

首先不會被人看到內褲線條。

以及再怎麼激烈運動也不用擔心卡臀。

加上布料少又不會過度拘束，就算長時間穿也不會悶熱。

光是穿上不會產生這類壓力，對於講求專注的運動選手來說就已經是極大的優點。

丁字褲可稱得上內衣界的全能選手。

它富含機能性，說是為女性運動員而生的內衣也不為過。

這鐵定是最適合她的內衣了。

「佐藤同學……」

「什、什麼事？」

「我認為凡事都要經歷挑戰。」

「挑戰……？」

「我明白，妳是害怕穿上未知的內褲。不過這件內褲，一定能夠更進一步提升佐藤同學的表現。妳先試著穿穿看，若是不適合再換掉就是了，連用都不用就做出結論，也未免太可惜了。」

「嗯……」

泉眼神中閃爍著迷惘。

既然如此，就再推她一把。

「佐藤同學——」

惠太用雙手拿著丁字褲擺在她面前，並激勵這名難以踏出步伐的女生。

「妳就用這件丁字褲來突破自己的極限吧。」

「用丁字褲突破自己的極限……」

她是在排球社擔任王牌的人物。

生性努力、嚴以律己的她，是一個標準的運動系女子。

而運動員最喜歡超越極限之類的熱血臺詞，看起來這句話確實打動她的心扉——

「……若是這樣的話。」

她以抱持必死決心的神情，頷首採納了變態設計師的提案。

就這麼，這位女子排球社的王牌，有生以來第一次穿上了丁字褲。

幾天後，惠太來到女子排球社使用的體育館。

「佐藤同學。」

「啊，浦島同學。」

泉身穿短袖運動服和短褲，在牆邊喝著瓶裝運動飲料，似乎正在休息。惠太一打招呼，她便直奔過去。

「新內褲穿起來如何？」

「簡直是再好不過了。一開始穿確實很害羞，可是現在不必擔心發生卡臀，我再也無法改穿其他內褲了。」

「那真是太好了。」

「而且……穿上這件有種獨特的解放感，我可能……還挺喜歡的……」

「啊啊，確實很多人都有這種感想。」

丁字褲的其中一項優點，就是「穿上去有種解放感」。

剛開始因布料面積太少敬而遠之，但一穿過便迷上這股舒適感，就此成為丁字褲俘虜的女生並不在少數。

「現在我能夠在比賽中盡情活動了。謝謝你告訴我這個東西。」

「不用客氣。」

「欸嘿嘿，有找浦島同學商量真是太好了。」

泉在體育館一隅綻露笑容。

她似乎非常中意新內褲。

忽然，她身後某個社員對她大喊：「泉～！休息時間結束了！」

「啊，我要回去練習了。」

「加油啊。」

「嗯。我會找機會為這次的事回禮。」

「不用了啦。」

「那可不行。我都找你商量兩次了。」

「不然這樣，能找一天穿上丁字褲給我仔細觀察嗎？」

「抱歉，這我無法答應。」

她以燦爛笑容回絕惠太想觀察屁股的要求。

「總之，我一定會回禮的。」

說完，她就回到人群裡。

她的神情十分爽朗，看得出狀態真的不錯。

「能讓怕生害羞的佐藤同學迷上，看來丁字褲的性能是貨真價實的。」

泉的第二次委託也平安解決。

惠太為這結果滿意地微笑，然後走出體育館。

「我還以為只要事關內衣，自己就什麼都懂，沒想到還能有這種新發現。」

這次事件，讓他知道自己還有很多東西要學。

「我也來挑戰些新事物吧。」

就如佐藤泉挑戰穿上未知的內褲一樣，身為內衣設計師想追求成長，就必須挑戰些新事物也說不定。

◆

然而某天，悲劇降臨在佐藤泉身上，第五堂是體育課，大家在更衣室換衣服準備上課時。

脫去制服露出內衣的真凜，死盯著同樣身穿內衣的泉那美妙的屁股曲線。

正確來說，她其實是被泉穿的丁字褲吸引目光——

真凜面紅耳赤，一臉難以啟齒地訴說心中感想：

「泉泉……妳今天穿的內褲好勁爆喔……」

「咦……？啊！？」

直到真凜提醒前她都沒發現。

由於穿起來太過舒適，泉後來又多買了好幾件丁字褲，甚至會無意識地平時拿來穿。

「泉泉竟然會穿這種內褲……哈！？難道說泉泉是想靠這件內褲攻陷喜歡的男生！？」

「不對啦！？是我不小心穿錯而已，這件是社團活動用的內褲！」

「泉泉……妳不知不覺中變成大人了……真凜我好開心啊。」

「為何要說得像是家長看待小孩！？拜託聽我解釋！？」

「泉泉，沒關係的。不論泉泉穿多色的內褲，我們都一輩子是朋友。」

「就說是妳誤會了————!!」

後來真凜依舊不聽人話，泉費盡千辛萬苦，還多虧明白來龍去脈的澪幫忙解開誤會，事情才終於告一段落。

丁字褲果然是兩面刃。

泉在心中發誓，以後只會在比賽時穿上這件內褲。

◇

因丁字褲引發誤會的那天放學後。

澪手拿書包走向特別教室大樓，就看到幾乎化為房間主人的惠太面對桌子，拿著慣用平板進行某種作業。

「浦島同學，你在做什麼啊？」

「啊啊，水野同學。」

澪邊問邊走進他，惠太便停下手抬頭說：

「這次佐藤同學的委託，讓我感受到了丁字褲的無限可能性，我想試著在丁字褲上多玩點花樣，看看能不能改造成能給一般女性穿。」

「啊，原來如此。」

意思是他正在思考新作草稿。

澪看向平板畫面，上頭顯示著極度性感的丁字褲，那少到不行的布料面積，看得她雙頰發燙。

「樣品完成後再麻煩妳試穿。」

「咦，我不要。」

「咦？為什麼？」

「穿丁字褲很害羞啊……」

「人家佐藤同學可是成為了丁字褲的俘虜耶，她還說無法再穿回其他內褲了喔？」

「啊——她確實平常也拿來穿。」

也因為這樣，才害她們倆費了不少功夫向真凜解釋，但這件事並不重要。

「我想讓更多人知道丁字褲並不只是種性感內衣。它那無拘無束的舒適感覺是其他內褲所無法體驗的，而且布料面積少就表示不會悶熱，所以我認為它才是最適合這個季節的究極內褲！」

「你也說得太興奮了。」

眼睛還像個孩童般閃閃發亮。

他真的是非常喜歡內衣。

「我覺得水野同學穿上一定很好看。」

「就算被說穿丁字褲好看我也開心不起來。」

「算了，關於如何逼一臉嫌棄的水野同學穿上丁字褲的方法就晚點再想——今天就先拜託妳填寫之前那件樣品的問卷。」

「我怎麼好像聽見不太對勁的臺詞……知道了。」

澪接過問卷，坐在他旁邊的座位。

長時間使用內衣樣品，點評舒適度和耐久性等相關感受，也是模特兒的重要工作。

商品會參考這些資料進行改良，因此必須用心填寫。

澪一坐下，就立刻開始作答。

她拿起自己的筆，默默填寫必填欄位。

由於問題數量較多，有時她必須停下手思考，才能彙整使用新作樣品時的心得。

「浦島同學，問卷寫好了。」

過了十分鐘左右，澪寫完問卷看向惠太，才發現他枕著手趴桌上睡著了。

「咦？浦島同學？」

他連眼鏡都沒取下，眼睛完全閉上，怎麼叫都沒反應。

看來是完全進入熟睡狀態。

桌上還擺著他的平板，上頭顯示著畫到一半的內衣設計圖。

「睡著了……」

澪靠近戳了他臉頰，依舊沒有動靜。

多麼安穩的睡臉。

「他這陣子真的是太忙了。」

前幾天才完成了大工作，又立刻接了泉的委託，解決她關於內衣的煩惱。

根據澪對惠太的了解，他一定為了泉廢寢忘食思索解決ＰＫ的方法。

她能夠輕易想像惠太坐在工作桌前的模樣。

解決了泉碰到的難題，現在又著手新作設計。

怪不得他會像電池沒電般睡著。

「嗯——水野同學……」

「咦？」

突然聽見對方叫自己名字，不禁讓澪吃了一驚。

「算我求求妳，穿上我的丁字褲……」

「連在夢裡也想讓我穿丁字褲，浦島同學真的是很變態。」

這夢話也未免太糟糕了。

短短一段話，就大致能想像他到底做了什麼夢。

「不過他都幫忙解決了真凜和泉碰到的難題。如果是為了浦島同學，要穿上有點害羞的內衣也是可以。」

澪趁惠太睡著，用食指戳他的臉頰說。

「——真是的，這樣是不是太寵他啊。」

對方是個會叫同年女生試穿自製內褲的變態設計師。

身為年輕少女，應該對他提高警戒，以毅然決然的態度和他交流，但最近，澪對惠太的警戒心卻不斷降低。

相反來說，這也證明了自己就是如此信任他，而令澪最傷腦筋的，就是這項事實並不會讓自己感到不悅。

「嗯嗯……」

「咦，又在說夢話？」

澪開始覺得有點好玩。

她滿心期待這次又會聽到怎樣的罕見夢話，於是仔細聆聽。

「不行啦……小雪……要是小雪用胸部對我這麼做，我會窒息的……」

「…………」

霎時間，澪整個人保持笑臉凍住。

解除凍結後，她轉眼間擺出一張臭臉。

「哼——？我看你好像做了場很開心的夢嘛……到頭來浦島同學也只在乎胸

部……」

看來他是做了整張臉埋進G罩杯學妹胸部裡的夢。

根據臺詞推測，應該是雪菜硬逼惠太這麼做，但光是他沒有抵抗，就已經是有罪了。

澪憑藉理性，強壓下想直接敲醒惠太的衝動。

「是說，為什麼我要這麼火大啊……」

這個變態設計師做了什麼夢又跟我無關，為什麼我會如此不悅——

「…………」

澪最後決定捏住惠太鼻子，當作最低限度的報復。

終章

這一天，水野渚感到無比困惑。

就讀國中三年級的渚是澪的弟弟，是一名因身高勉強未達一六〇公分而自卑的男生，而他正目睹了不可思議的畫面。

那畫面就是——

「姊姊竟然，穿著時尚的居家服……」

身穿運動服，結束社團活動的渚，回到位於公寓二樓的自家時，看到澪身穿細肩帶睡衣待在廚房。

清爽的天藍色細肩帶睡衣搭配睡褲，乍看之下沒有任何問題——

讓渚大受衝擊的，是姊姊竟然會穿時髦衣服的這項事實。

「妳怎麼會打扮成這樣？」

「怎、怎樣？渚你是有意見嗎？」

「沒有，可是姊姊，妳在家不是都穿運動服？」

「我在家想穿成什麼樣都可以吧。」

「話是這麼說啦，不過妳突然打扮自己讓我有點害怕……總覺得有點像是暴風雨的前兆……」

「你很沒禮貌耶？」

聽完渚直率的感想，澪氣得嘟嘴說：

「你就是成天講這種不體貼的話，才會到現在都沒女人緣！」

澪拿這神祕臺詞回嘴後，就匆匆回到自己房間。

渚獨自被留在原地，看著姊姊背影嘟囔：

「真可疑……」

該怎麼說，最近姊姊真的不太對勁。

直到前陣子，她在家都是穿國中時期的俗氣運動服，就連夏天也是穿慣用的國中短褲。

最近她卻突然穿起了時髦的細肩帶背心，或者是穿上普通的居家服。

其中最大的變化，就是她的內衣變得非常可愛。

她過去都穿著被撐到皺巴巴的內衣，最近卻換上光鮮亮麗的新內衣。

「難道姊姊，是交到男朋友了……？」

明明是自己說出口，渚卻因這假設大受打擊。

「姊姊是個美女，就算交到男朋友也不足為奇，可是難保她不會被壞男人騙……」

姊姊澪是個無可挑剔的美少女，身材也相當出眾。

還會做各式各樣的省錢料理，個性也不差。

只要有心，她根本就不缺對象。

若她真的交了男朋友，而對方也是與澪相襯的出色男性，他自然會想支持，但若對方是會弄哭姊姊的人渣，那就另當別論了。

「如果姊姊被臭蟲纏上，那我非得把對方趕跑……」

儘管本人沒有自覺，不過老實說，渚就是個重度姊控。

事發隔天，放學班會結束後，渚正在收拾書包時，朋友鈴木卻向他搭話：

「渚，抱歉！今天代替我參加委員會！」

「蛤？為什麼？」

「其實我剛才臨時決定要去約會。」

「這樣啊。那再見，我還要去社團。」

「別走啊!?」

渚打算無視對方走出教室，鈴木卻繞到他前方擋路。

「渚，你先等一下！我跟女朋友讀不同學校，平常根本沒時間見面！拜託啦！」

「……」

渚面無表情，陷入思考。

他認為比起工作，優先選擇約會實在讓人難以接受，不過他知道鈴木的女友確實讀不同學校，也經常目睹朋友因無法見面一臉寂寞的模樣。

這麼一想，他就實在難以推託，於是厭煩地嘆了口氣。

「……好吧，你欠我一次喔。」

「感激不盡！」

鈴木告訴渚只要參加會議，一句話都不用說也沒差，就興高采烈地奪門而出，渚目送他出去後，就告訴班上隊友自己會晚點才到，接著走出教室。

他的目的地是視聽教室。

裡面有著十幾名身穿夏季褲子和襯衫的男生，以及身穿水手服的女生，大家各自聊天，等待會議開始。

渚找了靠長桌的位置坐下，看著其他人吵個不停，便一臉倦怠地嘆氣。

「為什麼我要代提別人參加美化委員會啊……理由還是因為對方要跟女朋友約會，誰還做得下去啊。」

他本來是打算直奔社團練習，如今計畫徹底亂了套。

「……戀愛，真有這麼好嗎。」

當他不經意回想起姊姊昨天的模樣碎念時。

「——我能坐旁邊嗎？」

「咦？」

突然有人向他搭話，他抬起頭，一名女學生站在旁邊。

他見過這名將一頭秀髮綁在側邊的女學生——

「浦島同學……」

「咦，你知道我啊？」

「妳很有名啊。社團的人也經常聊起妳的事。」

「咦——？他們聊了些什麼啊？」

這個自顧自坐在旁邊的女生叫做浦島姫咲。

她為人開朗又善於交際，總之是個顯眼人物，跟自己完全是不同世界的人。

即使知道對方名字，但渚並沒有見過對方。

她似乎在男生裡擁有超高人氣，所以經常出現在社團同伴的話題中，可是渚其實不太喜歡她。這並非姫咲本身有什麼問題，純粹是因為渚對比自己高的女生感到自卑。

「你是二班的水野同學對吧？」

「妳怎麼知道？」

「我也聽過你的傳聞。說是排球社有個美形不過個子有點小的男生。」

「啊啊，這樣啊……」

渚聽了頓時洩氣。他又不是自己喜歡才會長這麼小隻。

就在渚意志消沉時，眼前綁著側馬尾的同學歪頭不解地「咦？」了一聲。

「二班委員不是別人嗎？」

「他有事，我今天代他參加。」

「哼——？居然代替朋友，你人好好喔。」

「這點小事很普通吧。」

他隨口回答，並看向牆上時鐘。

跟初次見面的女生聊天令渚感到痛苦，他只希望早點結束回去練習，偏偏距離會議開始還有一段時間，讓他整個不耐煩。

明明希望對方別管自己，偏偏事與願違，姬咲又開啟了新的話題。

「噯？水野同學，你不是有個姊姊？」

「有是有啦……」

「她的名字是不是澪？」

「是沒錯……為什麼浦島同學知道？」

「因為我最近受她不少關照。」

「關照？」

「嗯。我們家族是做內衣的，她有幫忙做內衣模特兒。」

「……蛤？內衣模特兒？」

這情報來得太過突然，讓渚一瞬間無法理解對方在說什麼。

而姬咲完全沒發現渚整個人呆住，接著說下去。

「我哥哥是內衣設計師，他會做出樣品來讓澪姊姊試穿——有點像是當試穿員？」

「妳的意思是，我姊在男人面前脫到只剩內衣……？」

「是沒錯……咦？難道這是不該說出口的事嗎？」

此時她才察覺不對勁。

姬咲一臉慌張，但現在任何話都傳不進渚的耳中。

「浦島的哥哥是內衣設計師，而姊姊負責協助她……？意思是在他面前脫到只剩內衣？到底為什麼會變成這樣……不，重點是，在那狀況下對方會光看完內衣就罷休嗎？正常男人在那麼可愛的姊姊面前都不可能保持理性……難、難不成姊姊早就慘遭他的毒手!?」

渚不禁想像起心愛姊姊被陌生男人蹂躪的模樣，眼前頓時一片模糊。

「水、水野同學……？」

「姊姊……我的姊姊……」

「呃……我似乎打擾到你，還是去找其他座位好了～」

「等一下。」

渚雖然極度討厭麻煩事上身，然而這次可是事關心愛姊姊的貞操。

所以他不可能允許相關人士逃走，於是一把抓住姬咲肩膀。

「我還有很多事要問，總之讓我見見浦島同學的『哥哥』吧。」

後記

※後記裡有本集故事暴雷，還沒看完的讀者請注意。

非常感謝您購入《內衣女孩任你擺布2》。

第二集也和第一集相同，整體故事相當胡鬧，不知大家還喜歡嗎？

即使想寫點平穩悠哉的故事，事件卻不顧作者想法（最好是），一個接著一個冒出來。

瑠衣是我相當中意的角色，也是眾所期待的傲嬌女角。

褐色肌膚的女生為什麼會如此有魅力呢，像是泳衣晒痕也非常棒。

瑠衣露出內褲的卷頭彩圖，她那雙富有健康魅力的腿腿實在太過出色，我有自信光憑這點就能暢談一整天。

我說什麼都希望把她扒光，才會用盡各種手段寫出各種性感橋段。而她嘴巴念歸念，最後還是會幫忙當內衣模特兒，簡直就是傲嬌典範。

今後，她將如何透過在RYUGU工作學習成長，實在是令人期待。

說到期待，現在角色全部到齊，觀賞登場人物的戀愛也是一大樂事。

已經有女生無法隱藏自己對主角的好感，也有女生還不明白自己的真心，還請大家默默地守候她們。

好了，第二集也跟第一集一樣，在讓人非常在意後續發展的地方結束，《內衣女孩》第三集也正在籌備企畫中。

根據目前構思，第二集雪菜幾乎沒有登場，所以下一集將會相當活躍。應該說絕對會讓她活躍。乾脆讓雪菜登上封面圖好了。所以下集大概就是雪菜的回合！

除了描寫到惠太身為內衣設計師的工作外，戀愛喜劇可能也會有所進展……？

還請各位讀者多多支持！

花間燈

浮文字

內衣女孩任你擺布(02)

(原名：ランジェリーガールをお気に召すまま2)

作者／花間燈　封面插畫／Sune　譯者／蔡柏頤
執行長／陳君平　榮譽發行人／黃鎮隆
協理／洪琇菁　國際版權／黃令歡、高子甯
總編輯／呂尚燁　美術編輯／方品舒
執行編輯／丁玉霈　宣傳／陳品萱
出版／城邦文化事業股份有限公司　尖端出版
台北市中山區民生東路二段一四一號十樓
電話：(〇二)二五〇〇七六〇〇　傳真：(〇二)二五〇〇二六八三
E-mail：7novels@mail2.spp.com.tw
發行／英屬蓋曼群島商家庭傳媒股份有限公司城邦分公司　尖端出版
台北市中山區民生東路二段一四一號十樓
電話：(〇二)二五〇〇—七六〇〇(代表號)
傳真：(〇二)二五〇〇—一九七九
中部以北經銷／楨彥有限公司
電話：(〇二)八九一九—三三六九
傳真：(〇二)八九一四—五五二四
雲嘉經銷／智豐圖書股份有限公司　嘉義公司
電話：(〇五)二三三—三八五二
傳真：(〇五)二三三—三八六三
南部經銷／智豐圖書股份有限公司　高雄公司
電話：(〇七)三七三—〇〇七九
傳真：(〇七)三七三—〇〇八七
一代匯集／香港九龍旺角塘尾道六十四號龍駒企業大廈十樓B&D室
電話：(八五二)二七八三—八一〇二
傳真：(八五二)二七八二—一五二九
馬新經銷／城邦(馬新)出版集團　Cite(M)Sdn.Bhd.
E-mail：Cite@cite.com.my
法律顧問／王子文律師　元禾法律事務所
台北市羅斯福路三段三十七號十五樓
二〇二三年十月一版一刷

■中文版■

郵購注意事項：
1. 填妥劃撥單資料：帳號：50003021戶名：英屬蓋曼群島商家庭傳媒(股)公司城邦分公司。2. 通信欄內註明訂購書名與冊數。3. 劃撥金額低於500元，請加附掛號郵資50元。如劃撥日起 10～14日，仍未收到書時，請洽劃撥組。劃撥專線TEL：(03) 312-4212 ・ FAX：(03) 322-4621。E-mail：marketing@spp.com.tw

國家圖書館出版品預行編目資料

內衣女孩任你擺布 / 花間燈 作 ; 蔡柏頤 譯.--1版.
--臺北市：尖端出版, 2023.10
面 ; 公分.--(浮文字)
譯自:ランジェリーガールをお気に召すまま2
ISBN 978-626-377-014-0(第2冊 : 平裝)

861.57　　112012348